DIXIE

WILLIAM S. MESSIER

DIXIE

ROMAN

ÉDITIONS
MARCHAND
DE FEUILLES

Marchand de feuilles
C.P. 4, Succursale Place d'Armes
Montréal (Québec)
H2Y 3E9
Canada
www.marchanddefeuilles.com

Mise en pages : Roger Des Roches
Révision : Annie Pronovost
Graphisme : Julien Boisseau
Illustrations et page couverture : Julien Boisseau

Diffusion : Hachette Canada
Distribution : Socadis

Les Éditions Marchand de feuilles remercient le Conseil des Arts du
Canada ainsi que la Sodec pour leur soutien financier.

L'auteur remercie le Conseil des Arts du Canada pour son soutien.

 Conseil des Arts   Canada Council   Société
du Canada   for the Arts   de développement
                                      des entreprises
                                      culturelles
                                      Québec 🏛🏛

Catalogage avant publication de Bibliothèque et Archives Canada

Messier, William S., 1984-

Dixie

Texte en français seulement.

ISBN 978-2-923896-25-0

I. Titre.

PS8626.E758D59 2013   C843'.6   C2013-941110-0
PS9626.E758D59 2013

Dépôt légal : 2013
Bibliothèque et Archives nationales du Québec
Bibliothèque et Archives Canada

Pour Véronique

SARANAC

Rodrigue dit Hot Rod Létourneau et sa femme Ursule sont rentrés d'un souper bien arrosé pour constater que les congélateurs dans leur garage avaient été vidés. Il n'est pas inhabituel de cadenasser son frigo dans le coin, surtout si on possède du bétail. C'est connu, les voleurs de viande se paient parfois des visites sur les propriétés des éleveurs, au milieu de la nuit, dans l'espoir d'y rencontrer une serrure à forcer ou mal fermée. Chez Hot Rod, tout était en règle ; cela dit, un padlock ordinaire ne recèle pas de mystère pour le bum moyen.

Dans l'obscurité, il faut imaginer le bum en question arriver lentement en pick-up sur le chemin de Philipsburg. Un prédateur humant l'air des deux côtés de la route. Il ralentit quand il constate l'absence de signes de vie sur la propriété de Rodrigue. Il poursuit sa course et, au croisement du rang Corriveau, fait demi-tour. Il éteint ensuite les phares de son camion en montant la côte avant d'arriver à la hauteur de la ferme, interrompt le rock éructant d'une vitre à moitié ouverte par laquelle il lance un mégot de cigarette. Dans la fraîcheur du chemin de Philipsburg, la cendre encore vive virevolte et se désagrège sur la garnotte – une étoile filante en tire-bouchon. Il se stationne de reculons vis-à-vis de la grande porte du garage. Il coupe le moteur et s'équipe de gants de travail. Avant de bouger, il tend à nouveau l'oreille pour s'assurer que la voie est libre et sort enfin du camion en demeurant légèrement penché – une hyène dans les Cantons. Le long du pick-up, il glisse vers le garage, constate l'absence de poignée qui permettrait d'ouvrir par l'avant, franchit en quelques pas l'espace séparant son camion du bâtiment, qu'il contourne en longeant le revêtement. Il entre par la porte arrière du garage, après avoir défoncé la fenêtre. Le bruit de la vitre cassée résonne dans la noirceur, amplifié par les parois de roc de la cour arrière de Hot Rod. À l'intérieur, le bum brise la serrure des congélateurs avant d'ouvrir la grande porte et commence à transférer la marchandise.

À l'arrivée des Létourneau, les congélateurs alignés sur le mur du fond grognent, béants. Une fraîcheur plastique émane de leur gueule grande ouverte. En tout, trois cents livres de côtes, de flancs, de surlonges, de jarrets, de steaks de ronde, d'épaules et de t-bones ont disparu. Trop occupés à passer la région au peigne fin à la recherche d'un évadé de la prison de Cowansville, les enquêteurs des Verts prennent la déposition de Hot Rod par téléphone.

La viande, elle, doit être acheminée vers un autre congélateur en peu de temps. Entre le canton de Bedford et Saint-Armand, les insomniaques du rang Dutch voient un Dodge Dakota filer comme une balle vers le sud. L'éclat des phares a tout juste le temps de s'imprimer sur leurs rétines somnolentes, le pick-up a déjà disparu dans un croche de sentier de fond de champ. Dans son sillage, un rock gras tonitrue et éloigne la fraîche.

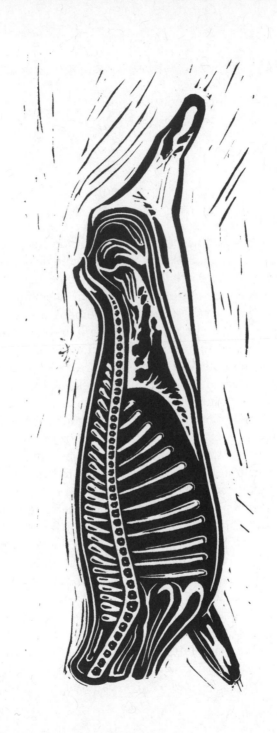

C'est une région fertile. À la sortie de Bedford, vers Saint-Armand, le rang Dutch dessine des méandres et descend au sud entre les terres agricoles. Les maisons, tantôt flambettes, tantôt rapiécées en mosaïques architecturales bon marché, selon le rendement des récoltes et l'assiduité et le cœur à l'ouvrage de leurs propriétaires, bordent la route comme une suite de kiosques de citrouilles à une expo agricole. Des chefs-d'œuvre du XXe siècle illuminés, la nuit, par les rares lampadaires qu'on a fait installer près du chemin après qu'un nombre trop important de tatas ont pris le clos au petit matin. Quand la famille Huot entre dans la cour de Léo Swanson, ils trouvent déjà une douzaine de voitures stationnées de travers sur le gazon et le gravier, comme du bétail évaché sur un flanc de colline. On dit que les vaches couchées ainsi annoncent la pluie.

Entre leurs parents, Dorothée et son petit frère Gervais sont entassés sur la banquette du pick-up familial. Ils ont tous deux un visage timide et angoissé. La dernière fois qu'on les a sortis du lit à une heure aussi avancée de la nuit, c'était parce que leur grand frère Euchariste avait échappé de justesse aux douaniers américains l'ayant surpris dans un chemin de passe, le long des lignes. En panique, il s'était alors empressé de mettre le feu à l'ancienne laiterie de la ferme des Huot pour détruire du matériel incriminant avant que la police arrive. Les seules sirènes dans le Dutch, cette nuit-là, avaient été celles des camions des pompiers volontaires de Bedford dépêchés pour éteindre l'incendie; les douaniers n'avaient jamais rappliqué.

L'immense porte du garage de Léo Swanson n'a été ouverte qu'à moitié, ne laissant voir de l'extérieur que des chevilles, des bottes, des souliers et des sandales. Tandis que les Huot pénètrent dans le garage, des voix s'élèvent par-dessus le brouhaha général.

– S'il vous plaît! S'il vous plaît! Je vous demanderais, s'il vous plaît, de réserver vos insultes pour quelqu'un de plus méritant. Lui, tout ce qu'il a fait, c'est retontir icitte comme un chevreuil dans une grange.

– Ah! Ben, c'est pas vrai, ça. C'est quand même pas n'importe quel chevreuil qui a retonti dans la grange!

– Un gibier de potence, comme qui dirait.

Deux luminaires pendent du plafond. Trente citoyens de Saint-Armand se sont amenés pour attendre l'arrivée des Verts. La veille, un grand gars natif des États, habillé en costume de prisonnier, s'est réfugié dans le grenier de la grange des Turmel à cause des orages et du jour tombant. Un gros grand gars costaud comme un truck, dont la chienne tout étirée est marquée, dans le dos, d'une série de chiffres qui doivent avoir une signification dans le trou d'où il est sorti.

Lucille Swanson tend vers le prisonnier le bol de crudités qu'elle a préparé pour les convives, mais il ne veut rien savoir. Elle tient le bol d'une main, et le bracelet de plastique turquoise qu'elle avait remonté sur son avant-bras finit par glisser vers son poignet. Derrière, les mâchoires de visages obscurs s'agitent machinalement: le paquet de Chicklets fait son bout de chemin autour du fugitif. Il refuse l'offre de Lucille d'un geste sec de la tête qui surprend une partie des citoyens. Son regard divague, on croirait qu'il fixe le néant, mais ses yeux sont braqués sur un visage. Le visage de Dorothée.

Âgée de onze ans, elle est sortie en jaquette. Les filles de son âge en général ont l'air de chiots de huit semaines, mais ses jos l'ont précédée de quelques mois dans le monde des femmes. Prise d'un élan de pudeur sous le regard du colosse, comme si celui-ci fixait plutôt sa poitrine, elle referme son K-Way en regardant le sol, puis disparaît derrière une rangée de gens. L'homme fronce les sourcils et plonge finalement une grosse main dans le bol. Il y pige une carotte qu'il enfonce dans la trempette mayo-ketchup de Lucille. Les gens se mettent à jaser autour de Dorothée.

– Qu'est-ce qu'on fait en attendant?

– On le regarde manger des carottes, pis c'est ben en masse.

De la trentaine de curieux, la plupart agiront à titre de témoins silencieux s'il doit se passer quelque chose par rapport à cet homme. Leurs visages dans l'éclat des luminaires sont blancs, effacés ou interchangeables, et pourraient être en carton, on ne les reconnaîtrait pas plus. On respecte leur silence parce qu'on compte sur eux pour corroborer les faits à la SQ. Dans la tempête et l'excitation, on a besoin de leurs oreilles comme la mer a besoin de caps à éroder.

Il faut considérer le garage de Léo comme celui de n'importe quel autre monsieur tranquille, à son affaire, en préretraite de la Exeltor depuis quatre ans. Une place dont deux murs sur trois sont couverts d'un treillis qui sert à accrocher des outils ou attacher du filage. L'autre mur, celui qui fait face à la porte, celui qu'on devine dans l'ombre derrière l'évadé de prison, est garni de râteaux, de pelles et d'instruments variés. Il n'y a pas à dire, contre l'obscurité de l'arrière-plan, sous le feu des luminaires, le bonhomme et sa chienne orange détonnent. L'odeur est celle du gaz à tondeuse et de la poussière des racoins, accompagnée d'un surplus d'après-rasage – émanant principalement des favoris surdimensionnés d'Hervé Monette, le bum qui traîne avec Euchariste depuis quelque temps – et des odeurs corporelles mélangées des citoyens de Saint-Armand. Quiconque s'intéresse au patrimoine du coin n'aura jamais disposé d'un aussi bel échantillon de ce que Saint-Armand sent en 1993.

Euchariste s'emballe le premier. Il glisse des « hostie de tabarnac » entre chaque phrase et suggère qu'on brûle les poils de poche à l'évadé ou qu'on le maquille en pin-up pour faire rire les Verts. Des gens s'excitent avec lui, quelques tatas comme Hervé agitent des lighters en faisant semblant de tenir un scrotum juste au-dessus de la flamme. La mère des Huot prend ses deux plus jeunes par les épaules et leur propose d'entrer dans la maison, supposant que les Swanson ont déplié la table de ping-pong dans le sous-sol. Dorothée se prépare à sortir en se glissant sous la porte de garage quand son petit frère la tire par le coude. Les tatas brassent autour de l'homme, qui leur suggère en anglais de reculer s'ils ne veulent pas mourir ici, ce soir, maintenant, tout de suite.

– Il t'a une langue sale, à part ça !

– Yes no toaster, hostie !

– Moi je vote pour qu'on l'accroche sur mon hood ! Les Verts vont le ramasser comme un trophée de chasse !

– Personne vote. Y a pas de vote. On attend les Verts en le regardant manger des carottes, pis c'est ben en masse.

Les Armandois moins virulents spéculent à haute voix sur l'histoire de l'évadé, évoquant les types de faiseux de trouble en tout genre qui se ramassent à Cowansville. Quelqu'un émet l'hypothèse qu'il est peut-être un meurtrier. Pour le peu qu'on en sait, c'est peut-être le malfrat qui a violé puis tué les sœurs Chicoine, en 1987, dans le backstore du dépanneur *Visez Juste* de Bedford. Personne n'en est convaincu, parce que personne ne se souvient de ces affaires-là : ça circule pendant un bout de temps, ça alimente les cancans pendant les pauses café, puis ça se transforme en un brouillard qu'il est souvent préférable de laisser trouble.

Sans doute peut-on aussi se plaire à l'imaginer innocent. Il a naturellement l'air d'un monstre mais au fond, il n'est peut-être qu'un bon gaillard un peu lourdaud. Peut-être est-ce exactement pour cette raison qu'il s'est enfui : parce qu'il est innocent. On l'a ramassé un jour, alors qu'il travaillait sur une ferme dans le coin – quelque chose dit qu'il est employé agricole, sa carrure de bacon-and-eggs sept jours sur sept – et on l'a enfermé pour un crime commis par quelqu'un d'autre. Ces choses-là se peuvent. Ou encore est-il coupable d'un crime d'autodéfense comme un meurtre accidentel, ou de s'être fâché un peu trop noir contre la mauvaise personne. La mère de Dorothée dit tout le temps que la pire chose qu'on peut faire, dans la vie, c'est se tromper de cible.

Il pourrait aussi bien être un des Vermontois à qui le père Huot fait parfois franchir la frontière clandestinement. La sueur perle sur la tête chauve du colosse. Sa peau brune reluit, le gros cerne autour de son col de chienne ressemble à de la gravy sur un poulet rôti. On le questionne en anglais : Pourquoi t'étais en prison ? Où est-ce que tu te sauvais, comme ça ? Il commence à répondre en marmonnant. Tout ce qui se rend aux oreilles des Armandois, c'est le mot « banjo ». Ce doit être une erreur. On doit avoir mal entendu. Le colosse, dans son murmure, est constamment gêné par les plus agressifs du groupe. Eux, c'est le monstre qui les intéresse.

La mère Huot demande aux Turmel de chanter un petit morceau *a cappella*. L'idée de détendre l'atmosphère n'est pas mauvaise, mais elle floppe : il faut sentir le malaise monter d'un cran quand le petit Gonzague Junior Turmel, sept ans et demi, a le motton en suivant les notes aiguës de *Mon jour viendra*, un morceau gospel que sa mère a choisi spontanément. Les citoyens de Saint-Armand baissent la tête, l'évadé fait la même chose. Le trémolo mottoneux de Junior finit par être la seule chose qu'on entend. On voudrait se coucher dans le creux des vagues du gorgoton de Junior et dormir là. Le pauvre Junior est terrifié et finit par s'effondrer en sanglots dans les bras de sa sœur.

Gervais Huot a une drôle de tête. Elle est plutôt grosse par rapport au reste de son corps. Il n'a que sept ans, ç'a le temps de se replacer. Si Dorothée se tasse pour observer quelque chose, la tête de son frère lui cache la vue. Quand elle le pousse pour qu'il la laisse voir ce qu'Euchariste est en train de manigancer avec une fourche à foin, Gervais est indélogeable : un roc.

– Voyons ! Bouge un peu. Je veux voir, moi tou.

Il fait semblant de ne pas l'entendre et enregistre quelque chose, en regardant l'évadé faire des yeux de colosse qui ne semblent pas donner froid dans le dos à Euchariste. Lui, il en a vu d'autres depuis qu'il est fiancé à la grosse torche à Ruth Gariépy. Les gens se rapprochent encore plus du prisonnier et d'Euchariste, Dorothée voit de moins en moins bien. Il y a un sursaut au milieu du cercle. Plusieurs Armandois haussent le ton :

– Hey ! C'est pas correct, ça !

– Euchariste, calme-toi. La SQ va arriver, là.

– Stop that, gros sacrament !

– Fais pas ça, il va te faire mal.

Bizarre qu'il se mette à faire froid juste au moment où les tempéraments s'échauffent. Dans le sillon du rang Dutch, une brise s'avance, ricochant sur l'asphalte, sur les troncs d'arbres puis sur les toits de tôle des granges, soulevant le bétail qu'un jobbeur a négligé de rentrer, arrachant la peinture rouillée des cages de balles de foin qui dorment dans les hangars, varlopant le bois de clôtures et de sheds de fortune assemblées croches pour abriter des monstres de ferraille suintant de Prestone et de Pennzoil, et finit par entrer par la porte du garage et chatouiller les mollets de Dorothée sous sa jaquette. Son petit frère et elle se faufilent maintenant entre les corps qui grouillent vers la commotion au milieu de la pièce. Gervais se colle à elle et dépose sa tête lourde sur son épaule. Dorothée est terrorisée, mais une curiosité morbide partagée par l'ensemble des Armandois rassemblés l'empêche de reculer.

À l'inverse, elle veut avancer et voir le colosse. Elle veut se lier avec lui, connaître ce qu'il ressent à ce moment exact. Les citoyens se bousculent et crient de plus en plus fort. Entre les bras et les corps plus ou moins familiers dépassent des morceaux d'une masse orange qui s'étend et se convulse comme par possession. Elle entend ce qui semble être la voix de son frère Euchariste lâcher des «hostie de tabarnac» secs et rapides, puis étouffés, qui sonnent enfin comme des «saranac» scandés à répétition. Tout le monde sait que «Saranac», en iroquois, veut dire «amas d'étoiles». Euchariste lance des amas d'étoiles dans le garage de Léo Swanson. La masse gigote. Le groupe se resserre quant à lui jusqu'au noyau, puis se dilate, mu par l'attraction et la répulsion. C'est un feu qu'il y a, au milieu, et le froid vient du vide qui envahit le reste de la pièce. Les amas d'étoiles fusent maintenant de partout. Dorothée doit se mettre en petit bonhomme pour apercevoir entre les jambes des bouts de corps entortillés. Gervais s'accroche mollement à sa sœur. Est-il aussi terrifié qu'elle?

Au début, c'est cacophonique. On entend malgré tout la mère Huot crier quelque chose à son mari, de l'autre côté du cercle. Le monde est mongol, le monde hurle toutes sortes d'affaires. D'un côté, on veut que le colosse ôte son genou de sur la gorge d'Euchariste. De l'autre, on implore Euchariste de lâcher prise, de faire le mort, de se calmer. Il y a au moins deux personnes qui récitent une prière – du moins, une rumeur en bruit de fond s'ajoute aux cris des autres avec des «Seigneur», des «Notre Père» et des «doux Jésus». Dorothée a le bon angle pour apercevoir la tronche d'Euchariste, entre les mollets gonflés de ce qui semble être Léo Swanson – on reconnaît, en tout cas, ses duck shoes perforés. Euchariste se fait cogner sur la tempe à répétition par le colosse, qui ne frappe clairement pas de son plus fort. Entre les mollets armandois, elle ne voit qu'un visage familier se crisper et le côté de sa tête frapper le béton.

Enfin, tout le monde doit s'être tanné de crier, parce qu'une paix s'installe et les seuls bruits désormais perceptibles sont le souffle du prisonnier et le choc des os et de la peau sur le sol – un son sourd et humide. Un crépitement. Et, toujours, le courant d'air froid chatouille les jambes de Dorothée sous sa jaquette. Le noyau irradie pendant cinq ou six secondes, et personne ne réagit.

Tout le long, Dorothée n'arrête pas de se crisper en même temps qu'Euchariste. Il reçoit un coup, elle aperçoit son visage se serrer, sa tête frapper le sol, et au même instant, elle est traversée par un éclair d'empathie : ce n'est pas tant une chair de poule qu'une vague de chaleur qui lui transperce le corps. Son frère Gervais, lui, est complètement accoté sur elle. Dorothée le pousse avec son flanc pour essayer de voir si Euchariste a perdu connaissance et elle sent Gervais tout chaud. Il lui dit dans l'oreille quelque chose qui ressemble à «quel banjo ?». Elle lui prend la main et la serre très fort, question qu'ils restent connectés. La main de son frère est molle et moite, Dorothée la lâche aussitôt.

C'est quand le colosse arrête de taper par lui-même que les citoyens de Saint-Armand décident de briser le cercle et de venir en aide à Euchariste. Le premier à s'imposer est le père Huot, qui doit bien mesurer autant que l'évadé, mais qui est beaucoup plus maigre. Il l'empoigne par-derrière en lui serrant la gorge autour du bras. Le pauvre se lève, essoufflé comme un sprinteur, et tient mollement le coude du père de Dorothée. Euchariste ne se relève pas tout de suite, mais il a l'air en fusil. On s'aperçoit, à cause de la petite flaque qui est d'un rouge trop vif pour être de l'huile à moteur ou du Prestone sur le béton, qu'il a quelque chose de fendu en quelque part sur la tête. Sa mère l'ausculte brièvement.

– Ça va te prendre des points.

Au moment même où le noyau de feu se résorbe, comme aspiré dans le grand néant de Saint-Armand, les Verts se pointent. Un sergent dit aux citoyens de rentrer chez eux. Léo fait ouvrir au complet sa porte de garage pour laisser tout le monde sortir, y compris l'évadé de prison que deux agents menottent et ramènent dans leur voiture comme s'il s'agissait d'un gros veau récalcitrant retrouvé dans l'enclos d'un voisin durant un orage. Il s'assoit docilement dans le char et fixe l'appuie-tête du siège avant. Euchariste a filé en douce quand il a entendu les sirènes, quelqu'un est sûrement allé appeler sa grosse torchonne pour lui dire que son tata de fiancé était encore amoché.

En direction de la voiture des Verts, Dorothée croise le regard du colosse. Ses yeux donnent des frissons. Ils contiennent autant de peur, de colère, de tristesse et de désespoir que ceux du petit Jésus dans les vitraux de l'église Notre-Dame-de-Lourdes de Saint-Armand. Ils lui disent tout ce que le colosse regrette. Ils l'informent qu'il a franchi une limite et qu'il est déçu. Ils lui rappellent que les choses ne sont jamais simples pour personne, dans le fond.

Sa mère et son père se tiennent maintenant côte à côte. On dirait que sa mère a pleuré, parce que ses yeux sont rouges et vitreux et cernés, et Dorothée sent ce qui lui apparaissait comme un poids terriblement lourd quitter son dos. Puis, enfin, elle allume : Gervais vient de se réveiller.

Armé d'un époussetoir, Gervais colle souvent une chaise de la salle à dîner au mur entre le vestibule et la cuisine – chaise dont les barreaux et le dossier en bois massif sont tenus ensemble par des gougeons qu'il est difficile de ne pas voir comme des grains de beauté, et qui lâche des complaintes longues et stridentes quand ses joints se tordent. Il grimpe dessus et se place debout face au mur pour examiner et nettoyer les portraits de famille. Gervais Huot, sept ans, muséologue.

Le premier cadre qu'il observe montre le visage jovial, en noir et blanc, d'un homme d'une soixantaine d'années souriant, l'air tannant. Il s'agit du grand-père de sa mère, en Belgique, dans les années 1950. Son chapeau de feutrine cache partiellement une chevelure argentée et sa pipe de bois part vers le côté de son visage comme une flèche. La brique du mur derrière est décrépite, les plis et l'usure de la photo ont strié le front de son arrière-grand-père – quoique ce front-là ne devait pas manquer de craques et de fissures. Le tweed du col de son veston bouloche et frise aux extrémités. La densité inégale des poils d'une barbe faite à la hâte crée une topographie ondulante sur son cou, rappelant les vagues dans le foin, les jours venteux. Une ride qui prend racine à la base de sa narine et s'étend jusqu'à la commissure de ses lèvres est un gouffre sans fond que le doigt de Gervais franchit malgré tout, glissant sur le plexiglass du cadre. Gervais y trouve une poussière

collante : le smog ordinaire des déjeuners d'hommes rentrant de la ferme doit bien se poser en quelque part.

Après avoir vu Sidney Bechet en spectacle en 1956, l'aïeul nommé Théophile aurait attrapé la fièvre du jazz, qu'on appelait « oude stijl » en néerlandais – une version hollandaise du jazz dixieland. Il aurait essayé à tout prix de convertir ses enfants, tous déjà dans la vingtaine, en les gréant d'instruments – la trompette, la contrebasse, le banjo, la clarinette, etc. –, mais le grand-père et les grands-oncles et grandes-tantes de Gervais n'en avaient que pour la polka. Sur le portrait, qui doit dater de la même époque que cette découverte musicale, ce sourire coquin laisse entendre les airs d'une toune flottant sous son chapeau, auréolant son casque de quelque chose comme une joie transcendantale.

Gervais explique souvent que les cadres de la salle à dîner le détendent et qu'il se retrouve à ne pas pouvoir arrêter de les astiquer. Gervais est cataplexique. C'est une maladie rare qui lui fait perdre tout tonus musculaire et le paralyse au moindre sursaut émotif. C'est presque comme tomber dans les pommes, sauf qu'il tombe plutôt endormi. Certains disent que l'interrupteur de son cerveau se met à « off ». L'image qui convient le mieux est celle d'un court-circuit. Dès qu'il atteint un seuil d'émotion assez élevé – la peur l'affecte plus que tout –, le cerveau de Gervais bascule dans un sommeil paralytique. Chez d'autres cataplexiques, c'est le fou rire, la tristesse, la joie ou encore la colère extrêmes qui provoquent des réactions. Cette condition affecte grandement le niveau d'énergie de Gervais. Il doit constamment siester, même si ça veut dire s'étendre sur un banc d'éducation physique pendant que les amis jouent au ballon-chasseur, sur la passerelle d'une moissonneuse-batteuse pendant que son père traverse les champs de long en large ou en-dessous de la table de la cafétéria de l'école, dans le balancement des pieds d'enfants. Lors des crises, les docteurs disent que Gervais paralyse et tombe en état de sommeil paradoxal parce que son cerveau est actif mais son corps, lui, est aussi éteint qu'un tas de roche. Gervais compare ça à fuir ou encore à se cacher dans un cocon.

Il arrive à Dorothée de le trouver chanceux. On doute qu'il voie sa situation de la même façon, mais sa sœur l'envie parfois de pouvoir se sauver. Ses émotions à elle sont tellement intenses que, souvent, elle rit au lieu de pleurer, crie au lieu de rire ou pleure au lieu de gueuler. Un gars comme le colosse souhaiterait sûrement pouvoir s'enfuir dans sa tête, lui aussi.

Une vieille Sundance bourgogne dont les ailes rouillées se désagrègent un peu plus à chaque soubresaut sur l'asphalte fissuré du rang Dutch s'arrête devant l'entrée de cour des Huot pour laisser sortir un bras de la fenêtre du passager. Avant, le camelot faisait sa tournée à cheval sur un tricycle modifié, en se plaignant constamment des bas-côtés trop étroits et des fossés qui, eux, tombaient trop raide et trop creux dans les eaux vaseuses et vertes d'œufs de grenouilles. Il se fait accompagner par sa mère, au volant de la Sundance, depuis qu'un convoi de concassé l'a frôlé et forcé à se jeter dans le clos. Il tente d'ouvrir la boîte aux lettres avec un journal enroulé, donnant un char de marde à sa mère pour s'être stationnée trop loin de son objectif.

– S'il faut que je débarque, je te jure, je vois noir.

Le courrier déborde déjà de la boîte des Huot. Rien pour calmer le camelot, qui se contente de laisser tomber le journal au sol. Dorothée, sa mère et son frère Gervais sont dans le salon, devant un épisode enneigé des *Anges du matin,* quand Euchariste descend bruyamment de sa chambre à l'étage et passe derrière Dorothée pour lire ce qu'elle écrit dans un cahier Canada.

– Encore en train de nous inventer des histoires, toi ?

Il s'assoit sur le divan, tape la cuisse de sa mère et intime à son frère l'ordre d'aller chercher le *Flux.* Les dix-neuf ans d'Euchariste lui donnent une autorité tacite dans la hiérarchie familiale. Autorité renforcée par un penchant pour les bines franches sur l'épaule et les frottements vigoureux de jointures sur le cuir chevelu. Dorothée bouscule Gervais qui était dans la lune devant son bol de céréales. L'un derrière l'autre, le frère et la sœur suivent les imprimés de rosiers sur le tapis du salon et ne sentent aucune épine leur perforer la plante des pieds.

Les matins d'été, le rang Dutch ressemble à un petit cours d'eau tranquille comme la rivière aux Brochets : ses courbes sont bordées de quenouilles et certains arbres penchent naturellement au-dessus de la route pour arracher à leurs voisins quelques rayons de lumière supplémentaires. Ils font penser aux flos qui attendent que l'autobus s'immobilise pour se coincer dans l'allée et se garrocher dans la cour d'école au plus sacrant : ils étendent un bras à travers le passage et posent leur main sur le dossier du siège en diagonale vers l'avant. Dans les endroits plus touffus, vis-à-vis de chez Léo Swanson, par exemple, les arbres projettent une ombre marbrée sur l'asphalte. En plein jour, ils créent une vision stroboscopique qui a déjà failli causer de nombreux accidents de vélo ou d'auto. Devant la maison des Huot, le rang est plus dégarni, et tout ce qui rampe sur le chemin à la place de l'ombre des arbres, ce sont les nombreuses zébrures dans l'asphalte, le chant visqueux des cigales et l'odeur de foin sec des champs environnants.

Il fait plein soleil quand Gervais et Dorothée mettent le pied dehors. Les ouvriers de la ferme commencent à sortir de la grange : Hank et Eugene botchent sur le béton de l'entrée de la laiterie et secouent leur chapeau en le frappant contre la tôle du bâtiment. Avec eux sort une trâlée de chatons difformes et mongols. Le train achève. Dorothée et son frère marchent pieds nus du mieux qu'ils le peuvent sur le gravier de la cour, dansant sur les garnottes pointues pour rejoindre, au bout de longs mètres de torture, la pelouse qui les mènera jusqu'à l'entrée. Gervais choisit de se donner un élan pour sauter par-dessus le fossé et deux grenouilles se cachent dans l'eau au moment où ses pieds frappent le sol de l'autre côté. Les pas de Dorothée sont plus moumounes. Elle doit calculer sa trajectoire pour bien s'appuyer sur le bout de la calvette et contourner les eaux du fossé.

Gervais s'arrête un moment et adresse la parole à sa sœur :

– Penses-tu que le prisonnier est retourné dans sa cellule ?

– J'imagine.

– Si tu penses que j'ai eu peur de lui, tu te trompes.

– J'ai jamais dit ça.

Avant de traverser le rang, il cherche le regard de Dorothée et, quand il le trouve enfin, la fixe droit dans les yeux. Leurs visages sont à quelques pouces l'un de l'autre. Une cigale commence à chanter. D'un geste qu'il a sûrement appris de sa mère ou de quelqu'un à la télé, il lève la main entre son nez et celui de Dorothée et, en maintenant un air sérieux, claque maladroitement des doigts.

– Je gage qu'il aurait pu se sauver du garage de Léo Swanson de même, s'il avait voulu.

Leur maison repose dans le creux d'un virage comme un étron dans le fond d'un caleçon ; traverser le rang Dutch à cette hauteur comporte son lot de dangers. À droite, le flanc de la maison bloque la vue. À gauche, le grand-père maternel, celui qui a acheté la maison, a planté une haie de cèdres malcommode devenue gigantesque qui oblige à faire ses prières chaque fois qu'on veut s'engager sur la chaussée. Les enfants retiennent leur souffle et courent de l'autre côté du rang en se tenant par la main. Il est tout juste neuf heures et l'asphalte chauffe déjà sous leurs pieds, mais ils arrivent sains et saufs à la boîte aux lettres. Gervais ramasse le courrier pendant que Dorothée s'occupe de dérouler le *Flux régional*. Ils font désormais face à la maison, une grande affaire en briques rouges qui s'impose dans la mosaïque des bâtisses de matériaux rapiécés sur la ferme et les mille arbres du terrain. Derrière eux, il y a l'étang où les pompiers volontaires de Bedford sont venus pomper leur eau, la fois où Euchariste a mis le feu à l'ancienne laiterie.

C'est ici qu'il a montré à son frère et à sa sœur comment tirer des roches sur les ouaouarons avec des lance-pierres qu'il fabriquait lui-même avec de vieilles tripes de vélo. L'idée, c'était de trouver la bonne branche en Y, du bon format, de la bonne essence. Il fallait ensuite découper des morceaux de tripe et les fixer solidement à la branche. Gervais pensait qu'ils fabriquaient des balançoires à crapauds. Euchariste leur a ensuite montré comment nouer chaque bout du long tube aux branches du Y et comment gosser le manche pour qu'il soit lisse. Il les laissait utiliser son canif suisse pour les opérations plus délicates en affirmant que, de toute façon, la lame était plus ondulée et plus dolle qu'un morceau de foil. L'enseignement n'a pas duré longtemps, parce qu'Euchariste n'avait pas la patience d'attendre Gervais, qui choisissait toujours très soigneusement ses cailloux, dans le pit de gravelle derrière les silos.

– Hostie de tabarnac, Gervais! Vont pas te juger, les grenouilles, si tu leur envoies une roche qui est pas propre.

Dorothée s'apprête à traverser de nouveau quand Gervais lui ordonne de ne pas bouger. Il s'étire le cou vers la gauche pour voir au-delà de la haie, des corneilles prennent leur envol en même temps, au son d'un grondement presque inaudible. Ses cheveux pâles brillent dans le soleil, la peau translucide de son cou laisse quasiment voir son pouls : il semble plus curieux que nerveux. Il demande à sa sœur si elle sent le sol trembler. Dorothée essaie alors du mieux qu'elle peut de percevoir quelque chose, n'importe quoi, une infime vibration qui pourrait confirmer son soupçon, mais il lui faut une bonne minute avant de capter quoi que ce soit. Ça part du talon et ça remonte jusqu'à son tibia pour secouer sa rotule. Gervais colle sa main sur le métal de la boîte aux lettres et fait signe à sa sœur de faire pareil.

– Ça vibre, han ?

– C'est peut-être juste le vent. Ou le bruit des cigales. Je sais pas.

La vibration se fait plus intense et s'accompagne désormais d'un rugissement constant de moteurs. La haie de cèdres commence à ondoyer malgré l'absence totale de vent. La peur envahit les Huot, captivés par les monuments qui se dressent devant eux. Comme trois engins noirs des profondeurs, les moissonneuses-batteuses d'Hector Lebœuf tournent le coin à la queue leu leu et rasent les écraser. On distingue mal leurs chauffeurs, mais après que les monstres ont passé la propriété des Huot et que la poussière est retombée, des enfants apparaissent sur la passerelle à l'arrière de chacun d'eux. Ernest Lebœuf brandit une épée et a déchiré ses manches de chemise, Régis Dunnigan ajuste le cache-œil qu'il porte depuis son accident de pétards à mèche et Paulo Trépanier fait semblant de fumer la pipe avec une branche en saluant triomphalement les Huot. Chacun se tient fier sur sa moissonneuse-batteuse comme un capitaine de chalutier de l'enfer. Les cigales reprennent enfin leur chant assourdissant.

Entre-temps, Gervais s'est affalé sans connaissance au bord de la route, sa tête accotée sur le poteau de la boîte aux lettres dans un angle impossible et ses jambes pliées en W. Il n'y a pas à dire, il a eu peur. Le passage des moissonneuses-batteuses a fait tomber le journal. Sur le sol à côté de Gervais, la une gueule : « Accident mortel sur la 202 : un fugitif disparaît à nouveau ».

Au déjeuner, les ouvriers Hank et Eugene s'assoient toujours l'un à côté de l'autre, du bord de la table qui fait face à la télé, et ils vont tourner la roulette en alternance. Ils viennent tous les deux de St. Albans au Vermont et passent la semaine à travailler au noir pour le père Huot.

Tout le monde sait qu'en anglais, on dit « hand » pour désigner le jobbeur qui donne un coup de main sur une ferme. Si un fermier peut être gros, petit, grand, maigre, sec, baquet, pichou, pétard ou ordinaire, ses mains seront toujours pareilles : des doigts forts et boursouflés comme des cigares au bout de paumes enflées, gonflées par des muscles qui débordent grossièrement de l'ossature, et striées par des crevasses noircies donnant à lire non pas une vie plus ou moins longue mais les frontières de terres arables. Hank et Eugene ont bel et bien les mains de l'emploi, mais le père de Dorothée les appelle plutôt « ses grandes gueules ». Eugene raconte tout le temps que c'est lui qui a pratiquement élevé Hank après que ses parents ont crevé dans un accident de bateau sur le lac Champlain. Hank a tendance à se faire petit et à regarder par terre quand son aîné explique que, de toute façon, ses parents n'étaient pas là, la moitié du temps, et que tout le monde sur leur rang savait que le père de Hank avait le coude léger et la braguette lourde. Ils sont inséparables et jasent tout le temps, mais les enfants tâchent de ne pas trop se mêler des affaires des grandes gueules parce qu'une violence sourde dort en eux. Ces choses-là se sentent.

La télé griche sur deux des trois postes américains que l'antenne capte. Ça oblige Hank ou Eugene à se lever pour aller la faire pivoter à chaque annonce. Bob Barker fait deviner le prix d'un lave-vaisselle à une New-Yorkaise nommée Tess, à un monsieur du Tennessee nommé Art, à un certain Walt dont l'accent ne permet pas de déterminer d'où il vient et à une Mary-Louise du Kentucky qui semble intéresser Hank et Eugene plus que les autres participants. C'est à cause de son t-shirt serré : Mary-Louise a le dessin d'une grosse paire de lunettes de soleil directement sur ses jos.

Les gueules sont particulièrement grandes, ce matin. Pendant les annonces, les ouvriers racontent à leur patron une histoire au sujet d'un de leurs cousins du Vermont qui rôde dans les rangs la nuit comme un coyote avec un truck rempli de glacières et de sacs de glace. Il s'arrête dans les propriétés désertes pour ouvrir les congélateurs et voler la viande des gens. Le père Huot ne semble pas intéressé par l'histoire. Il dit seulement qu'il aimerait bien en voir un essayer ça chez lui, en refaisant le geste de scrotum brûlé de la veille. Tout le monde s'esclaffe, Dorothée, sa mère et Gervais y compris. Puis, le programme reprend.

La mère Huot a beau dire aux gars de se secouer un peu avant d'entrer, le bran de scie, la poussière et les taches sur leur chandail contaminent l'air de la salle à manger. D'ailleurs, une limace de bouse s'accroche tant bien que mal à l'épaule d'Eugene. Elle descend lentement mais sûrement vers la platée de bacon and eggs crépitant encore dans son assiette. Il ne faut pas se tenir derrière une vache qui éternue.

Un brouillard suintant flotte au-dessus de la tablée : les odeurs de bouffe se frottent à celles des corps crasseux des ouvriers et à celle du gel à cheveux d'Euchariste. Hormis

Hank et Eugene, le monde mange tranquillement. Derrière les sapements répétitifs, on entend maintenant un talk-show. Regis et Kathy Lee, juchés sur des tabourets, reçoivent Tom Selleck devant une foule de madames hystériques qui n'en ont que pour sa moustache, et Dorothée ne peut s'empêcher de faire remarquer aux autres que Monsieur Baseball a de l'eau dans la cave avant que Hank n'aille tourner la roulette et faire pivoter l'antenne pour retrouver le signal de *The Price Is Right* où un Art surexcité se fait aller sous une pluie de confettis. Gervais joue aux bonhommes avec un morceau de pain et des tranches de bacon. Son père se racle la gorge, renifle, se racle la gorge à nouveau et inspire bruyamment pour déloger un amas de morve qui le gêne visiblement. Sa mère s'assoit enfin pour manger alors qu'Euchariste termine son assiette. Ruth Gariépy, sa fiancée, l'a auréolé d'un turban de gaze qui se laisse peu à peu traverser par une tache rosée de sang et de pus. La limace de bouse de vache fait toujours son chemin sur l'épaule d'Eugene sans que ça l'énerve – il a les yeux rivés sur l'écran, il semble espérer avec beaucoup d'intensité que quelqu'un gagne quelque chose.

Par la suite, pendant que les Vermontois s'obstinent sur le prix exact d'une Escort, sans manquer de commenter à coups de « shit » et de « goddamn » les attributs de la beauty éjarrée sur le capot, Euchariste fait le tour de la table, lève la pile de revues à potins près du divan, fout le chiard sur la desserte, cochonne les papiers de la ferme qui traînent sur le dessus de la télé avec ses doigts encore graisseux de bacon et de jaune d'œuf et finit par mettre la main sur un *Flux régional* coincé entre deux coussins du divan avant de s'apercevoir que c'est celui de la veille.

– Où c'est qu'il est, le journal ?

D orothée est plus vieille qu'Ida Goyette d'un an mais elles sont très proches parce que leurs terrains sont collés. Dorothée n'a pas des tonnes d'amis à cause des grains de beauté éparpillés dans son cou et sur ses joues comme des plombs de douze. De manière générale, Ida n'a rien contre les grains de beauté, pas plus que contre les plombs de douze. Après l'école, souvent, elle débarque de l'autobus chez les Huot, et les filles font leurs devoirs ensemble.

Un soir, trois semaines avant l'incident du colosse dans le garage de Léo Swanson, Ida débarque chez Dorothée, et son petit frère Gervais les rencontre au coin de l'entrée de la cour, les yeux tout rouges comme s'il avait des allergies. Il commence à parler en pointant le fond du terrain, mais son discours se perd dans le surplus de salive et parce que ses muscles faciaux sont crispés. Il essaie de retenir des larmes, s'effondre et s'endort instantanément sur le gazon. Quand il se réveille, les filles doivent lui dire des mots doux et apaisants pour éviter qu'il retombe en crise de tristesse. Les enfants se rendent derrière la maison où ils trouvent Euchariste assis à côté de son chien, en plein milieu du potager, affairé à gruger un concombre et à se bourrer la face de pois mange-tout.

– Il braille encore, lui ?

Derrière la maison, le jardin et le hangar se font un voisinage sauvage. D'un côté, c'est le royaume opulent des végétaux : des plants de tomates et de courgettes sur le cant, des citrouilles monstrueuses en expansion constante, des rangées à la dérive de laitue, de patates, de carottes, de radis, de concombres, et de la rhubarbe en mottes aux quatre coins. De l'autre, c'est la terre vaine d'une cour à scrap. Un sol terni par l'huile à moteur où les bouts de mèches à soudure, les boulons couleur charbon et les morceaux de ferraille poussent comme des truffes. Les poches de grains et de chaux, les tas de copeaux de bois et les pièces d'engins à lames et à dents de métal rouillé bornent la cour devant le hangar. Un vrai monde d'hommes, comme dirait Ida, imitant le genre de formules qu'elle entend souvent sa mère prononcer. Au centre, un sentier où les deux univers se zieutent sans trop oser se mêler est battu par l'usure, à force que les travailleurs contournent le jardin pour accéder au hangar.

C'est à cause qu'ils ont rasé la butte que Gervais est si triste. Il n'y a plus qu'un gros champ plat où, normalement, s'élèverait une butte de la grosseur de la maison y compris le garage. Ils l'ont peut-être aplatie pour laisser paraître le mont Pinacle à partir de la piscine ou encore pour planter du maïs par-dessus. Ne sachant visiblement pas comment réagir, Ida fait remarquer que la mère des Huot risque de faire de méchantes belles aquarelles avec ça. Avant, il fallait grimper la butte pour apercevoir la montagne mais, aujourd'hui, les enfants en voient presque la moitié juste en se tenant sur la pointe des pieds, entre le jardin et le hangar, en grugeant une tige de rhubarbe. Gervais se remet à capoter et il faut que sa sœur le rassure.

– Toutes mes affaires sont enterrées.

– Tu peux être certain qu'elles vont être en sécurité en-dessous de la terre.

Gervais et ses amis imaginaires passaient leur temps à fouiner derrière la butte pour trouver des trésors, des fausses bombes ou des faux guns, dans les carcasses de machines que son père ou Euchariste amenaient là pour les laisser mourir ou pour en prélever des pièces au besoin. Il s'était construit une cache sur un flanc de la butte d'où il pouvait voir autant la ferme et la maison que le cimetière de scrap. Il avait décidé que le creux laissé par un arbre déraciné ferait l'affaire et, dans l'angle de la butte, il avait creusé des espaces pour poser des planches de bois de palettes : comme à l'école, il s'était fait une étagère d'objets trouvés.

À l'origine, Ida avait aidé Gervais à trouver un bon endroit pour faire une bécosse et à tracer le sentier qui la relierait à la cache après avoir aménagé le campe. L'idée qu'une cache ait sa propre bécosse la rassurait. Depuis, elle dit tout le temps qu'une cache n'est pas une cache et un campe n'est pas un campe tant qu'ils ne possèdent pas un endroit désigné pour aller au petit coin.

Là, les enfants du Dutch passaient des heures d'affilée à dormir, ou autour, à arpenter le terrain, à guetter les intrus, à battre les sentiers de chevreuils dans le boisé en arrière de la butte, à se bourrer la face de framboises, de mûres et de rhubarbe, à compter les quenouilles et récolter les queues de loup le long des fossés des chemins qui mènent aux champs parce qu'elles sont douces quand on se les passe sur le visage, à décortiquer les cocottes de cochons de lait pour en récupérer les aigrettes et rembourrer l'oreiller de leur lit de camp, à tendre des cannes à pêche faites avec de la corde à bale et des branches de bouleau dans les fossés, même si les têtards se foutaient bien de leurs fleurs de pissenlits.

La cache est maintenant sous la terre. Des trésors viennent de s'ajouter au sol comme qui dirait fertile du Piémont-des-Appalaches.

Sur le mur entre le vestibule et la cuisine, dans la maison des Huot, une photographie en noir et blanc montre deux garçons assis sur une langue de roche avançant dans la rivière aux Brochets, en aval d'un des barrages de Bedford. Les eaux calmes reflètent en arrière-plan les bâtisses en brique de la shop et la rive rocailleuse. À une extrémité, le barrage cède la place à un mur de pierres, rappelant les ruines de tours fortifiées, d'où jaillit un gigantesque tuyau d'acier. La perspective permet seulement de deviner que le tuyau perce la fondation d'un bâtiment de un étage dont la seule façade visible montre deux fenêtres grandes ouvertes. De l'une d'entre elles se déverse un crachat foncé qui colle à la paroi du bâtiment : par là, des ouvriers devaient lancer des chaudiérées d'une chiure quelconque.

En avant-plan, les garçons se tiennent de profil. L'un d'eux porte un chapeau de paille et semble sonder le sol à la recherche de crapauds à capturer. Il s'agit de Zéphir Huot, le frère du grand-père paternel des enfants Huot. L'ami à ses côtés regarde la fabrique sur l'autre rive. L'image est vieille et les contrastes ont pâli un brin, mais il ne fait aucun doute que cet ami a les cheveux crépus et la peau foncée. Gervais passe l'époussetoir en tenant le cadre entre son pouce et son index. La crasse huileuse sous ses ongles – conséquence de son dernier furetage dans la cour en face du hangar – tranche avec la blancheur de la chemise de Zéphir.

Il s'interrompt le temps que Hank, Eugene et Euchariste achèvent leur barda. Dans le vestibule, ils se secouent les pieds et les pantalons. Dorothée est assise devant la télé, au fond de la salle à manger, tandis que la poussière envahit la maison. Elle regardait Gilles Latulippe faire son fou aux *Démons du midi*, mais elle devra bientôt changer de poste. Les ouvriers entrent pour manger. Hank et Eugene racontent en relais, de vive voix, leur dernier passage des lignes. Un incident aurait froissé une cliente au moment de la transaction.

– Le tailgate s'est rouvert juste avant qu'on traverse. On a toute ramassé mais la bouette était partout.

– Holy shit que la fille était en tabarnac de l'autre bord. Fallait toute passer à' hose. Hank était comme « Hey relax, Sugartits, you know it's all gonna end up as meat loaf anyway » !

Euchariste éclate de rire en tapant des mains. Son visage porte encore les signes de sa bataille avec le colosse. Il agrippe Gervais, qui terminait de raccrocher le cadre, et imite un mouvement de lutte pour le faire culbuter sur le divan à côté de Dorothée. Gervais sourit mais il est clairement agacé. Son grand frère lui tient les bras et les jambes comme les pattes d'un veau dans un rodéo et réussit à le faire rire sincèrement en criant « Yeehaw ! » dans son meilleur accent texan. Eugene décide alors de se porter à la rescousse de Gervais en imitant le cri d'un Indien hollywoodien. Il prend Euchariste en clé de bras et le pousse contre le dossier du divan. Entre deux coups de coussin de la part de Gervais, le grand frère gueule :

– Attention à ma face, toi !

Hank demande alors à Dorothée si elle peut mettre *MacGyver* à la place des *Démons*, à la télé. Dans le motif floral du divan, le bon, la brute et le truand continuent de répandre de la poussière.

Un morceau de bois sort du sol à la place où ils ont aplati la butte et détruit la cache de Gervais. Après l'avoir remarqué, le plus jeune des Huot commence par ventiler, puis cogne des clous. Accompagné de sa sœur et de sa voisine, il marche tranquillement vers le fond du champ, un mètre à la fois. Ida arrache les graines sur le foin pour faire des coqs ou des poules avec celles qui restent sur ses doigts. C'est ce qu'elle fait, quand elle veut se distraire, mais ça ne calme pas Gervais. Il respire de plus en plus fort et prend sa sœur par la main. Plus ils avancent, plus la tige de bois ressemble à un Arrêt-Stop planté par quelqu'un qui n'avait décidément pas le compas dans l'œil.

De plus proche, on dirait plutôt une lune en plastique, brunie par l'usure, posée sur un piquet de clôture. Dorothée ralentit la cadence. Gervais semble fatigué. La jeune fille arrête quand son frère s'effondre carrément, mou comme un pantin, dans le foin. Elle place la tête de Gervais sur sa cuisse pis lui chuchote de ne pas s'énerver. Elle dit que tout ira bien et ajoute que les gars ont sûrement eu la présence d'esprit d'enlever ses affaires avant de tout démolir.

Le sol est un corduroy géant à cause des chenilles du bull. Il rabote les semelles des enfants et rend l'avancée plus difficile pour Gervais, puisque ses jambes ramollissent par à-coups. Derrière eux, Ida sursaute en voyant surgir son petit frère Joseph, Gonzague Junior et François Turmel, Médéric et Louida Dagenais, Jeanne Swanson,

Rose-Emma Turcotte, Basile Dunnigan avec trois de ses cousins en visite de Stanbridge East, Hiram et Célina Monette, Georges Ostiguy et toute une marmaille de petits clins âgés entre cinq et dix ans. Tout ce beau monde-là sort de nulle part pour constater avec les Huot l'absence de la butte et s'approcher de la patente qui gît dans le sol comme une pierre tombale. Ils courent vers Ida et les autres et la seule image qu'ils évoquent est celle d'un groupe d'Indiens en rade. À les entendre rire et crier, on devine qu'ils sont excités par l'objet, mais on se demande quelle rumeur les a informés. Est-ce qu'ils se sont donné le mot ? Comment est-ce qu'ils ont pu se pointer aussi rapidement ? Et comment ça se fait qu'Euchariste ne les ait pas suivis, lui ?

En tout cas, l'arrivée spontanée d'une vingtaine d'amis du rang Dutch agit sur Gervais comme un stimulant : il reprend du poil de la bête en moins de temps qu'il ne faut pour dire « pinotte », énergisé par les ricanements du groupe. Les frères Turmel entonnent en canon un vieux chant d'esclaves. Les petits clins auraient sans doute préféré une toune des B.B.

– Faut suivre la braoule. Suivre la braoule. Y a juste un panneau sur la trail des hommes libres. Faut suivre, suivre la braoule.

À dix mètres, tout le monde s'arrête pour laisser Gervais avancer seul vers la patente. « Rien qu'à voir, on voit bien ce que c'est », pense tout haut Ida. Ça s'élève jusqu'à la poitrine de Gervais et c'est solidement ancré dans le sol, entre une roche grosse comme une tête et de la terre compactée par les chenilles du bull. Gervais essaie de déloger l'objet en tirant dessus et décide finalement de creuser le sol autour. En premier, il y va du bout du pied. Il enchaîne avec ses mains. L'objet tombe à la renverse et l'écho des cordes se propage sur le fer des bâtiments agricoles, deux cents mètres plus loin, et réussit à faire japper le chien d'Euchariste, près de la maison des Huot. Le son de fils de fer rouillés bondit dans le champ et ressemble à celui que font une poignée de roches lancées sur la devanture de tôle d'une shed à tracteur. Derrière Gervais, les flos pensent qu'il s'agit d'une espèce d'arbre inconnue.

– Il y a quelqu'un qui l'a planté là. C'est sûr.

– En tout cas, si ç'a poussé là, pensez-vous qu'on devrait protéger les racines ? Ou l'arroser ?

– Il va peut-être en pousser d'autres.

Les visages confus scènent Gervais et son banjo déterré. Il se sert de son t-shirt pour décrotter les clés et souffle sur chaque frette de façon méthodique.

En route vers le centre de détention de Cowansville, après avoir quitté le garage de Léo Swanson, les Verts transportant le colosse rasent frapper un coyote sur la 202, à l'intersection du rang Bunker. L'auto-patrouille dérape sur l'accotement et lance une pelletée de roches sur la pancarte souhaitant la bienvenue dans le village de Stanbridge East. Le conducteur donne un trop gros coup de volant vers la gauche dans une tentative de redresser son bolide, le faisant verser sur son flanc et culbuter à toute vitesse vers le garde-fou de la voie inverse, vers les flots tranquilles de la rivière aux Brochets.

Dans l'habitacle, le colosse rebondit d'abord d'un côté, se cogne la tête sur le grillage qui le sépare des deux Verts, et sa nuque absorbe tout le choc lorsqu'il est projeté contre le plafond de la voiture, qui capote une première fois. Sa chienne orange, déjà maganée par sa fuite vers le sud, se déchire sous la violence du brassage. À cause de ses poignets menottés derrière son dos, il se disloque une épaule en retombant de travers contre la portière. La vitesse de la rotation donne l'impression que les éclats de vitre, le sang, les papiers et les cossins qui garnissent la voiture sont en suspension, pris dans un cocon d'apesanteur tissé spontanément dans la carrosserie.

Évidemment, tout ce beau monde n'avait pas cru bon d'attacher sa ceinture, ce qui fait que, dès le deuxième tonneau, après que le bolide qui fonçait en sens inverse sur la 202 plus vitement qu'un obus s'est enfargé sur la rambarde au-dessus de la rivière, le conducteur est éjecté par sa fenêtre. Le passager, lui, voit son attirail de poivre de Cayenne, de menottes, de lampe de poche, de gun et de munitions le retenir par la taille à un crochet dans le cadre de sa porte arrachée lors du premier tonneau. Il se fracasse alors le crâne contre le métal de la porte arrière, une substance pâlotte gicle dans le tourbillon de l'habitacle, sa hanche se disloque après que sa jambe est restée prise entre son siège et la structure de l'auto, et il se fait proprement sectionner par le métal du garde-fou contre lequel la voiture rebondit pour plonger dans l'obscurité de Stanbridge East.

La surface placide de la rivière aux Brochets n'est dérangée que quelques instants, le temps que le capot de l'auto-patrouille soit noyé. Seules les cerises sur son toit permettent de distinguer encore des remous bleus et rouges. Sous l'eau, la flore foisonnante n'est pas plus remuée qu'il ne le faut. Une barbotte se frotte les barbillons aux parois de la voiture et se faufile déjà dans l'habitacle. Alentour, les flots continuent de polir les billots, les roches, les déchets et toutes sortes de vestiges du passé enfouis. Lentement, l'auto-patrouille va rejoindre le fond. Bientôt, les Stanbridgeois se rassembleront autour du conducteur éjecté lors du premier tonneau et ils dépêcheront un des leurs en chaloupe pour aller constater qu'il n'y a plus personne dans la voiture. Le colosse a de nouveau disparu, le coyote également. Le Stanbridgeois reviendra bredouille et témoignera de ce qu'il a vu et entendu sur la rivière.

Pendant que les enfants du Dutch contemplent l'instrument entre les mains de Gervais, au fond du champ, Euchariste les observe de loin. Il marmonne quelque chose : ses lèvres bougent mais aucun son ne sort de sa bouche. Ses joues se creusent et se gonflent comme des peaux de tambours antiques. Enfin, il quitte le potager et rejoint Hank et Eugene devant la porte du garage. Les deux ouvriers l'attendent pour vider la boîte du pick-up familial. À l'arrivée d'Euchariste, ils secouent et enfilent leurs gants de travail puis se mettent à l'ouvrage. D'énormes pièces métalliques dont la propreté les fait scintiller sous le soleil de fin de journée sont entassées dans la boîte. Ce que les Huot feront avec autant de pièces de machinerie flambettes est un mystère qu'il est sans doute préférable de laisser tranquille. Debout dans la boîte, Hank tend les morceaux à Eugene. Celui-ci les remet à son tour à Euchariste, qui les corde au fond du garage.

Après un moment à travailler à la chaîne en silence, Euchariste décide de vider son sac tout en plaçant les pièces de métal que lui amène son collègue :

— Il faut absolument que tu saches l'histoire d'une sorte de chèvre des États qui me fait capoter. J'imagine que ça se trouve dans les shows d'animaux sur le câble qui te montrent les pires morsures de serpents ou les pires accidents de cirque ou les requins sur la poudre qui bouffent les cuisses des touristes. J'ai pas vérifié. D'habitude, c'est mon chum Hervé Monette qui me les enregistre sur VHS, quand il part au sud pendant des longs boutes. Il capte toutes sortes de postes dans la cabine de son truck, ça fait qu'il nous arrange toujours une soirée de best-of des programmes de fuckés qu'il s'est tapés pendant sa run, quand il revient à Pigeon Hill. Un moment donné, c'était juste un montage de films de nounes entrecoupé d'annonces de pick-ups, je pense qu'Hervé avait comme qui dirait un manque à combler pendant son tour des États, si tu vois ce que je veux dire.

Après avoir empilé les pièces métalliques au fond du garage, Euchariste s'empare d'une bâche et recouvre la marchandise. Avec l'aide d'Eugene, il soulève ensuite une table pliante et la dépose au-dessus de la bâche. Sur la table, les ouvriers étendent une nappe en plastique et y répandent des objets disparates, l'idée étant de donner au fond du garage des allures de débarras.

– Sauf que je te parle, moi, d'une histoire de chèvre qu'un gars peut pas pogner sur son antenne de semi-remorque. Une histoire qu'il faut que tu voies pour la croire. Une affaire de courage comme ça s'explique pas, ou de comment c'est que la nature a donné le courage à des créatures, pis à d'autres, elle leur en a donné pas mal moins. Je te parle dans un premier temps d'une histoire racontée à mon chum Hervé dans un shack à moonshine par un gars – Hervé l'appelait le hillwilliam, ça fait qu'on va l'appeler de-même – qui avait pas de mâchoire mais qui le cachait en-dessous d'une barbe plus épaisse qu'une talle de framboises pis qui parlait sans se faire comprendre de ses chèvres du Tennessee. Je te parle d'un Hervé qui a été assez curieux dans un deuxième temps pour aller voir ça, ces chèvres du Tennessee-là. Le gars – je vais te l'expliquer comme Hervé me l'a expliqué – le gars, il se pointe avec un parapluie devant une gang de chèvres.

Entre leurs mains crasseuses, les ouvriers se passent une paire de bottes de pluie sur lesquelles la boue a séché

en un ciment coriace, une chienne Big Bill bleue devenue grise et tachetée d'huile, trois vieux pots de margarine remplis de boulons et de vis de différentes grosseurs et dont le filage a accumulé plusieurs années de poussière et de crasse, un alternateur, une boîte de carton à moitié ouverte où on a conservé une douzaine de bougies d'allumage, une pile de *Flux régional* remontant à il y a deux ans, un peigne, une brosse à dents, une paire de gants de travail, des sécateurs qu'Euchariste n'arrive pas à ouvrir et un coffre à outils ne contenant qu'un câble de dépannage. Une infime partie de l'arsenal inépuisable du jobbeur moyen éparpillé là, sur une nappe à motif fleuri.

– Si tu passais en hélicoptère au-dessus de la terre du hillwilliam, tu verrais pas grand-chose à part d'une couple de toits de tôle sur des sheds qui se font face aux deux bouts d'une cour de gazon entourée de clôtures croches en bois rond. Au centre, t'as une douzaine de chèvres du Tennessee qui broutent. Ils les appellent de-même parce qu'il paraît qu'il y en a pas d'autres, des de-même, ailleurs dans le monde. Les chèvres du Tennessee se font surprendre par un gars qui se pointe avec un parapluie dans l'enclos. Il se pointe sans trop te l'expliquer avec son parapluie fermé sur le côté. Les chèvres du Tennessee ont l'air de s'en torcher. Elles se frottent le cou contre ses jambes parce qu'elles pensent qu'il va leur amener du manger. Il finit par se tourner vers mon chum Hervé en souriant comme s'il se préparait à faire une joke. Comme de raison, il fait la joke d'ouvrir son parapluie dans le vide, vers un côté, comme s'il mouillait à l'horizontale. Hey! Il faut que tu voies l'image dans ta tête juste pour ce boute-là, parce qu'une couple de chèvres du Tennessee te scramment par là, merci bonsoir, juste à cause du parapluie, mais il faut que tu la voies surtout parce qu'il y en a une demi-douzaine qui font quelque chose que j'aimerais que quelqu'un m'explique. Il faut vraiment que tu voies le vidéo dans ta tête des chèvres du Tennessee qui figent sur place comme des bibelots géants de chèvres du Tennessee quand le hillwilliam ouvre son parapluie de côté parce que je me dis que mon petit frère... j'ai tout de suite pensé à lui en entendant Hervé parler des chèvres du Tennessee.

La tâche est terminée et Euchariste insiste sur ce dernier aspect de l'anecdote. Il se tourne d'abord vers le centre du garage, comme pour évaluer la crédibilité du débarras qu'ils viennent de simuler, et s'approche ensuite d'Eugene. Ils s'échangent une cigarette, accotés contre le pick-up, tandis que Hank nettoie le fond de la boîte.

– Il faut que tu voies Gervais comme une chèvre du Tennessee qui fige même contre sa propre survie, dans le fond, quand la vie lui ouvre un parapluie de côté. C'est ça que je me suis dit.

L e piège à mouches à fruits rase tomber du comptoir de la cuisine à cause de la force avec laquelle Euchariste a claqué la porte, le *Flux* grand ouvert dans les mains, pour détaler derrière Hank, Eugene et son père. Une vague de vinaigre couvre la mélamine et passe juste à côté de la pâte à pain que la mère Huot laissait lever. Aussitôt, il faut voir l'exhalation de mouches sortir de la bouche du pot Mason renversé et se disperser dans l'air de la cuisine. Le souffle de la liberté ou l'haleine des chiens lâchés. Dehors, Euchariste pointe avec énergie la une du journal qu'il tient à la hauteur du visage de son père. Hank repousse la palette de sa casquette comme si elle l'empêchait de lire les grosses lettres du titre. Eugene tape des mains doucement et étouffe un rire. Ils concluent une entente : le père pointe le hangar puis envoie ses deux ouvriers exécuter leurs tâches respectives, et Euchariste vire de bord pour rentrer dans la maison. Il se frotte le crâne vis-à-vis de sa blessure en fronçant les sourcils et s'empare du récepteur tout en appuyant sur les touches du téléphone familial.

– Allô, Monette ? As-tu nourri tes chiens ?

Les nombreux sentiers qui longent les eaux de la rivière aux Brochets sont généralement assez praticables pour qu'on y passe sans devoir se mouiller. On apportera tout de même des bottes de pluie ou, mieux, des bottes salopettes. Le foin a l'avantage d'être carrossable en trois-roues et en motocross, de ne jamais pousser beaucoup plus haut que la taille et de laisser paraître la trace indéniable d'un passage. À ce jour, on peut encore circuler entre les rangées de maïs. Au temps de la récolte, leurs murs de feuilles parfois aussi coupantes que des lames de couteaux posent problème. Et Dieu sait qu'entre la 202 et la frontière, ce ne sont pas les rangées de maïs qui manquent. Le vrai angle mort, il se trouve dans les bois.

Les Bromisquois plus zélés, dont font partie le père Huot, Euchariste, Hervé Monette et leurs chiens respectifs, et auxquels s'ajoutent deux Vermontois en quête de divertissement, décident de prêter main-forte aux Verts dans leurs recherches, en organisant une série de battues dès qu'ils ont vent de la disparition du colosse après l'accident sur la 202. Les Verts ont d'autant plus besoin d'aide qu'ils viennent de perdre deux membres de leur équipe – le conducteur est entre le ciel et la terre à l'hôpital Brome-Missisquoi Perkins de Cowansville, et son collègue est en train d'être rapaillé par le croque-mort des pompes funèbres de Bedford. Dorothée et Gervais ont réussi à convaincre leur père de les traîner. Tout le monde se tourne vers le sud et Hank et Eugene sont là pour assurer aux autres qu'au sud, justement, chez les gueux de Highgate, de Richford et de St. Albans, ça s'est vitement tourné vers le nord.

– On va le prendre en souricière, le fucker.

Le contingent d'Armandois investit d'abord les granges, les silos, les laiteries, les greniers de garages et les hangars. On regarde sous la machinerie – dans les crocs des tabliers de coupe des batteuses, entre les griffes des semoirs, dans le ventre des épandeurs, sur la langue des convoyeurs, dans le creux de la main des pelles mécaniques et des tracteurs –, sous les patios, les toiles de piscines hors terre et les carcasses déchaussées de chars et de pick-up. On regarde sur les toits des fifth-wheel, des granges et des maisons. On cherche entre les cordes de bois et les tas de vieilles palettes qui traînent pêle-mêle dans les fonds de cour. On soulève des amas de retailles de bois, de ferraille ou de branchailles qui ne demandaient rien à personne depuis tellement longtemps que des réseaux complexes de mauvaises herbes et de colonies d'insectes sont mis au grand jour quand on les déplace. On mandate les moins corpulents pour fouiller les niches de chiens, se faufiler dans les haies de cèdres et explorer les calvettes.

Les Turmel se sont également mobilisés pour l'occasion. Assurant leur portion de la battue, ils se font aller le gorgoton au son approximatif du banjo de Gervais. Le parcours inégal transforme l'ensemble en chorale de vibratos raboteux.

– Tant de jours à me les geler sous la pluie pis le vent. Tu peux voir que mes pieds noirs ont fait du temps. Je me demande encore quand je vais pouvoir changer de vêtements.

On suppose que huit gueules ouvertes en *o* minuscule, tournées vers le territoire à battre comme des bouches de canons, devraient brasser assez de feuillages d'arbustes, remuer assez de terriers ou, en tout cas, épeurer assez le fuyard pour qu'il commette une erreur et laisse une trace. Les Turmel pourront d'ailleurs se familiariser avec une telle ambiance de foin et de soleil plombant, leur créneau pour l'instant s'étant principalement constitué des foires agricoles et des fêtes de familles de la région. Ici, ils doivent chercher un souffle plus profond qu'à l'habitude, à cause des cigales, dont le chant a fini de rivaliser avec les vibrations des lignes électriques de haute tension qui traversent Bedford et commence désormais à ressembler à un long cri nasal et rauque.

Ce qui motive les chercheurs n'est pas clair. À entendre leurs jurons et à remarquer l'agressivité avec laquelle ils font chaque geste – on brise les branches des arbres à grands coups plutôt que de les tasser ou les contourner, on piétine les talles de foin en sautant à pieds joints –, certains d'entre eux veulent vraiment coffrer le colosse. Ils sont là pour l'ordre. D'autres, et on connaît assez bien Euchariste pour l'inclure dans le lot, ne semblent pas trop savoir où se placer : aider les Verts paraît contre-intuitif, mais gaspiller une belle occasion de manquer de l'ouvrage et de se changer les idées serait tout simplement niaiseux. Ceux-là s'imaginent sans doute que, dans l'éventualité où ils trouveraient le fugitif, un mouvement brusque de sa part justifierait une ou deux taloches. Une sorte de sadisme ou de voyeurisme nourrit ces bums-là, sclérosés qu'ils sont par la routine de la job. Puis, il y a des hommes comme le père Huot, distants et secrets, qui accompagnent le groupe en tant que témoins vigilants ou surveillants non officiels, que la cause indiffère. Ils s'interposeront assurément si la battue vire en foire et voudront diriger les troupes sans trop d'éclat, question que le travail se fasse. Après tout, un train, un souper ou d'autres tâches quotidiennes attendent bel et bien la plupart de ces hommes et femmes à la fin de la journée. Des larbins, des bums et des indifférents : une battue ne saurait être plus complète.

Au bout de quelques heures à arpenter le Dutch sans succès, Hervé Monette et Euchariste ont la merveilleuse idée de joindre l'utile à l'agréable et de se mettre en boisson. Hank sort alors de son pick-up un vieux gallon de vinaigre blanc contenant un liquide qui s'évapore quand on se le verse sur la main. Un moonshine que le père Huot dédaigne parce qu'il sent trop le gaz à briquet pour être potable. Ils se placent en ligne en tenant des flasques métalliques, des vieux bidons d'huile à moteur plus ou moins nettoyés, des tasses à café ornées de gravures des chutes du Niagara ou encore des bouteilles de Coke en vitre – parce que celles qui sont en plastique risquent de fondre au seul contact du liquide – et il faut que Hank fasse passer sa mixture dans un tamis pour y recueillir les branches d'épinette, les pétales de fleurs, les boulons, les sous noirs et autres piles neuf volts qui donnent au breuvage sa saveur unique.

La procession de fouineurs chaudasses poursuit ses recherches en ratissant les espaces vacants entre les rangs Bradley et Luke, vers le sud, à partir du centre du village de Saint-Armand. L'asphalte blanchi dépourvu de la moindre ligne de circulation et traversé de bord en bord d'une série infinie de fissures d'où émergent quantité de mauvaises herbes caresse les flancs d'un vallon au gré des virages de la rivière de la Roche. La battue ressemble de plus en plus à une danse en ligne, les marcheurs giguant et titubant sur les inégalités du sol. Près du rang Bradley, il y a Hervé Monette qui crie aux Turmel de se fermer la gueule et qui émet un drôle de «ack-ack» en se râclant la gorge après une énième gorgée de moonshine. Vers le rang Luke, c'est Euchariste qui rase se pogner avec un cousin des frères Ostiguy sous prétexte que le bonhomme passe son temps à vérifier dans ses pas pour voir s'il a bien tout inspecté. Il faut que Ruth Gariépy s'interpose, du haut de ses six pieds deux pouces et du large de ses quatre pieds de tour de taille, pour qu'Euchariste se ressaisisse. Depuis qu'il a entamé sa troisième tasse de boisson, un liquide jaunâtre suinte de sa plaie, imbibe son bandeau de gaze et attire un lot inquiétant de mouches à chevreuil. La ligne de battue ondule au rythme des culs-secs des buveurs.

– Shit de Goddamn!

– Saranac!

– Eh, Jésus-Fifi!

De l'autre côté du rang Luke, vers l'ouest, une butte cache un rocher où du monde aurait trouvé des ossements et les restes de baraques de Noirs en excavant la terre. Des gens prétendent qu'ils appartiennent à des anciens esclaves amenés de ce côté-ci des lignes par des Loyalistes au XVIIIe siècle. Aujourd'hui, l'écriteau annonçant un «Negro Cemetery» a été enlevé et on a tendance à éviter le sujet. Pourtant, qu'on y accède en écoutant la rumeur des arbres, en décodant le vol des abeilles ou en suivant celui des carouges, tout le monde a sa propre théorie sur l'emplacement de Nigger Rock.

La colonne chancelante de chasse à l'homme atteint en fin d'après-midi ce qui doit correspondre à la frontière canado-états-unienne. Du moins, ils la reconnaissent comme telle en distinguant une rangée de tatas tout aussi ivres et vacillants qu'eux s'enfarger dans les racines des arbres du boisé. Ils marchent en leur direction. Le point de rencontre des deux partis marquera la frontière et signalera aux chercheurs de rebrousser chemin. Entre-temps, on espère encore trouver un morceau de linge, une tache de sang, quelque chose qui ouvrirait une piste, et on espère que si ce n'est pas ici qu'apparaîtra l'indice, un autre groupe de recherche le trouvera, à une dizaine de kilomètres plus à l'est ou à l'ouest. Les Turmel ont arrêté de chanter depuis une heure, éreintés par la chaleur accablante. On craint que Gervais fasse une insolation. Avec autant de cérémonie que lors d'un rituel de baptême country, on le prend par les aisselles et les chevilles pour le faire basculer doucement dans les remous d'un rapide de la rivière de la Roche. Il se prend un bon bouillon et ça semble lui replacer les idées.

Certains chercheurs mettent une ou deux minutes avant de se rendre compte que leur homologue qui se tient face à eux et qui marche vers eux avec la même décadence n'est pas une simple réflexion dans un miroir, qu'ils ne sont pas en train de raser la bordure de leur dimension, que le bois n'est pas le mur mitoyen d'une existence parallèle. Rendus nez à nez, ils se serrent la main, se souhaitent bonne chance, s'échangent quelques gorgées de leur moonshines respectifs et tournent les talons.

Juste avant de monter dans la boîte du pick-up pour rentrer à la maison, les chiens d'Hervé Monette s'excitent. Une commotion invisible dans la butte qui touche le rang Luke les attire et ils piquent une course. Si la meute de chiens rassemblés part en flèche à leur suite, leurs maîtres, eux, peinent à leur emboîter le pas. Ils ont juste le temps de les voir disparaître dans un buisson sous un gros roc et de les entendre gueuler, puis faire un barda à secouer le feuillage de chaque arbre et de chaque arbuste du vallon. Le terrain, sur ce flanc de colline, sert principalement à faire paître le bétail des Pelletier, ce qui le rend truffé de bouses et d'excavations dans lesquelles les citoyens de Saint-Armand ne manquent pas de se bêcher. Quand, enfin, Monette et Euchariste réussissent à franchir la clôture à vaches et à rejoindre les chiens, les jappements sont réduits à des grognements immondes et se mêlent à des râles d'outre-tombe entrecoupés de toussotements secs comme de petits crachats. À l'arrivée des maîtres, le buisson semble prendre vie, il brasse de tous les côtés et laisse percer un dernier râle à travers les branches. Puis, les grognements sursautent et se taisent enfin. Les hommes se placent alors en cercle autour du bosquet et en sortent, un à un, la douzaine de chiens, tantôt en les prenant par le collet, tantôt en les tirant par la queue ou par une patte.

– Dégage !

Sur le roc surplombant la scène, un lichen desséché et noirci s'effrite et dessine une cartographie fantasmagorique, des chicots se faisant passer pour des bouleaux étirent leur maigres branches dans le vide au-dessus du buisson et deux petits garçons crottés nommés Pamphile et Constant Pelletier supervisent secrètement la chasse, armés de lance-pierres et de télescopes. Au balcon de sa maison, à quelques mètres de là, Dorilla Darcy se tient accotée sur la rambarde et chique une tige de noyer. Les bardeaux déteints de la maison forment des lignes horizontales qui cantent avec l'affaissement de la fondation et du balcon vers l'avant de la cour. Imperturbable, elle pose une main sur la rambarde comme sur le gouvernail d'une barge bancale à veille de se faire aspirer par les flots d'une cataracte. Trois autres petits enfants d'âge préscolaire prennent une pause de leur jeu de poupées dans l'herbe, inquiétés par les jappements et les grognements en provenance du champ des voisins. Si la rumeur de chiens galeux fait partie de la trame de fond de la région, elle ne s'est jamais faite aussi forte et proche. Les enfants sont terrorisés. On les comptera parmi les témoins, si jamais le cœur du buisson cache bel et bien un colosse fugitif à épaule disloquée et à chienne déchirée.

Plus creux on doit pénétrer dans le buisson pour tirer les chiens, plus ceux-ci résistent, se dérobent ou glissent. Leurs crocs et leur gorge sont beurrés d'une écume rosâtre faisant en sorte que plusieurs maîtres ne parviennent pas à les retenir. Les bêtes retournent tout de suite dans le bosquet, obsédées par son centre. Le fait que la plupart des hommes soient déjà bien réchauffés n'aide sûrement pas à rameuter les animaux. Euchariste réussit à agripper son chien par la nuque en enfonçant ses doigts dans un pli de la peau et constate qu'un de ses yeux a été crevé et qu'une gélatine transparente s'en échappe et pend sur sa joue. Le chien est trop enragé pour en souffrir. Aussitôt, Euchariste voit noir et décide de foncer dans le bosquet d'abord en l'enjambant, puis en sautant de tout son long par-dessus les branches. Le chiard de jappements et de grognements recouvre à peine son rugissement. À ce stade-ci, Pamphile et Constant possèdent le meilleur point de vue, juchés sur le roc, les yeux et la bouche grands ouverts. D'autres citoyens plongent à leur tour et aplatissent suffisamment les branches du bosquet pour qu'on arrête de s'y débattre comme des perchaudes dans un filet de pêche.

Euchariste se lève, pousse un sacre, se secoue les pantalons et vire de bord en tendant la main vers le gallon de moonshine. Quand on dégage le centre du buisson, les chiens d'Hervé Monette achèvent de déchirer la dernière carcasse d'une famille de martres.

Tout le monde sait que c'est une région fertile et que de ses entrailles peuvent sortir les fruits les moins probables. Léo Swanson a trouvé, en creusant une tombe dans le fond de sa cour pour une portée de chatons mort-nés, deux carabines Ballard qui ont appartenu à du monde ayant défendu le territoire contre une flopée d'Irlandais rebelles en 1870. Des baïonnettes encore assez aiguisées pour couper une mèche de cheveux étaient greffées aux barils des fusils. Sur un des manches, quelqu'un avait gravé les mots « Red Sashes ».

Ici, au fond du champ derrière la maison des Huot, avec la marmaille éberluée du Dutch, le passage du bull aura fait remonter à la surface quelque chose que la butte attendait de faire germer depuis longtemps. Un banjo à cinq cordes dont les deux seules qui ne sont pas pétées frisent autour des clés et du pont comme les plus monstrueuses fardoches.

LE DIABLE

✻

C'est avant tout un sol pénitent, souillé par le passage d'hommes violents, de rebelles et de colons, foulé par des cadavres ambulants, de la rembourrure à cercueils. Un sol dont on a arraché le bois en masse depuis des centaines d'années par-dessus le marché pour construire des bateaux, faire de la potasse, élever du bétail, semer des plants et bâtir des tombes. Une terre qui a accueilli les racines des aïeux de Léandre Pelletier fuyant le Sud en essayant d'oublier l'air de *Dixie* pour retrouver ici le même pandémonium, la même rengaine tantôt diluée, tantôt exacerbée. Un sol tiraillé de tout bord tout côté, sur lequel des colons d'allégeances diverses ont tracé des lignes imaginaires et dressé des barrières tacites que la moindre crise, la moindre succession d'automne, d'hiver et de printemps, le moindre coup de vent, la moindre rumeur peut recouvrir ou effacer. Pendant les mois d'été, il faut que ce même Léandre Pelletier passe le fouet jusqu'à trois fois dans la même semaine pour éviter que les drageons, le foin ou le milkweed ne viennent rendre impénétrable la coupure qui sert de frontière. Un sol, autrement dit, d'où émanent, en temps de chaleurs extrêmes, des vapeurs sulfureuses qui forcent les anciens du coin, comme Léandre, à fermer la fenêtre de leur chambre de peur que ce qu'on appelle les remords du monde y pénètrent et viennent tourmenter leur sommeil.

Le hasard a voulu que, de tout Brome-Missisquoi, le seul joueur de banjo à cinq cordes capable d'aligner trois mots et, donc, d'enseigner son art à Gervais avec un minimum d'efficacité, se trouve à une dizaine de minutes en char de la maison des Huot, au fin fond du chemin d'Eccles Hill. Il a également voulu que ce joueur de banjo porte le nom de Léandre Pelletier et qu'il soit aussi noir qu'une nuit de janvier.

En suivant le chemin d'Eccles Hill à partir de celui de Saint-Armand, passé Pigeon Hill, après avoir salué d'une salve de garnotte l'immense croix de chemin qu'on a plantée là en guise d'avertissement au moindre infidèle qui se verrait pris d'un goût pour la vitesse, il peut être tentant de prendre la gauche une centaine de mètres plus loin et de s'engager dans un rang étroit en gravier blanc nommé le chemin du Diable. Qu'on ne se laisse pas séduire par les courbes traîtresses d'une route de fond de campagne. Un curieux magnétisme donne envie de constater ce qui se tient au bout du chemin, ce que deviennent les charognes le long de celui-ci, à quoi ressemblent les maisons qu'on y rencontre. Les moins débiles d'entre nous savent reconnaître les mailles dans l'étoffe du Seigneur et évitent généralement de s'y mettre les doigts.

La route vers le sud, vers le shack de Léandre au pied d'Eccles Hill, étouffe sous l'emprise d'une forêt foisonnante et chaque entrée de cour apparaît comme un trou dans un vitrail, laissant entrevoir la devanture de maisons et de bâtiments de bardeaux de cèdre plus ou moins déteints ou partiellement restaurés pour un bref instant. Les résidents d'Eccles Hill font penser à des détenus. Leur route, en tout cas, s'apparente au corridor d'un pénitencier. Et ce corridor se termine dans une clairière marécageuse entourée de bois et en travers de laquelle le chemin de terre est remplacé par deux sillons parallèles, inégaux et truffés de trous d'eau. En plaçant les roues de son truck bien au fond des ornières, séparant les flaques et traçant

des lignes de crampons sur la terre battue qui disparaî-
tront dans l'heure, faisant ricocher ses pneus sur les côtés
des rigoles, on se croirait sur un chemin de fer. Il faut
plisser les yeux pour apercevoir, au bout de cette trail de
tracteur, une barrière de métal donnant à lire des avertis-
sements en anglais, annonçant la fin officielle du couloir,
les limites du pénitencier, le terminus. De l'autre côté,
les États.

Là, dans un creux près de la clôture, une forme laisse
s'égrainer les minutes avant que le soleil ne tombe. Une
boule indistincte prête à bondir au moindre indice d'une
menace, d'un pick-up de contrebandier ou d'un flo en
motocross.

La tombée du jour coïncide aujourd'hui avec le passage du camion d'Euchariste au bout du chemin d'Eccles
Hill. Après être venu chercher son petit frère chez Léandre,
il oriente son Dakota de reculons vers la clôture en grima-
çant, la tête penchée en-dehors de la cabine par la fenêtre
du conducteur. On est deux semaines avant que le détenu
apparaisse dans la grange des Turmel, deux semaines avant
qu'Euchariste mange la volée dans le garage de Léo Swanson
et que celui qu'on a surnommé le Colosse de Cowansville
prenne la fuite une deuxième fois d'affilée dans les rangs
bromisquois. Euchariste n'est donc pas encore tuméfié et
demeure reconnaissable. Dans la boîte, les deux employés
au noir des Huot sifflent tour à tour leur contact de l'autre
côté des lignes pendant que Gervais essaie de ne pas tomber
du coffre à outils sur lequel il est assis. Au son du premier
sifflement d'un des employés, la forme sort de son trou et
fige au milieu du sentier. Dans la pénombre, deux billes
fluorescentes flottent à l'extrémité d'un corps sombre.
Euchariste freine brusquement et lâche un hululement
comme pour effrayer la bête. Hank trouve un vieux pin-
ceau sec dans le fond de la boîte et le garroche vers elle en
gueulant des mots qui résonnent dans le bois d'Eccles Hill.

– Get outta here !

Aussi vitement qu'elle est apparue, la silhouette prend la fuite dans un bosquet près de la piste. Rien pour rassurer Léandre : elle file vers sa terre. Ensuite, un sifflement reproduit la mélodie que chantaient Hank et Eugene. L'Américain qui les attend de son bord des lignes apparaît en pick-up, de reculons lui aussi, à quelques dizaines de mètres du point de rencontre. Le sentier que le truck de l'Américain suit est plus sombre et paraît beaucoup plus hasardeux que celui du côté des Huot : des troncs d'arbres ont dû être sectionnés parce qu'ils étaient tombés de travers dans le chemin, certains trous d'eau submergent les roues du camion jusqu'au moyeu et il est difficile de distinguer les pistes parmi les talles de fougères et d'herbes plus denses. Un mur de framboisiers se dresse plus au loin : le truck doit l'avoir survolé parce qu'il est droit et fier comme une vague déferlant entre deux quais. La nature reprend peut-être plus vite le dessus aux États. Les ronces sont peut-être plus pénétrables.

Perché sur son balcon, Léandre Pelletier se prend pour une sentinelle. Il parcourt les planches inégales et la brise du crépuscule fait relever le poil sur ses orteils. L'obscurité naissante le force à rentrer dans sa cabane et à en ressortir armé de longues-vues. Contrairement aux Huot et à leurs employés, Léandre n'est pas tenté de s'aventurer de l'autre bord des lignes. Peut-être qu'à vivre aussi proche d'eux, les États finissent par perdre leur exotisme. Peut-être arrête-t-on de les voir comme un territoire à investir et la frontière cesse d'être une règle à transgresser.

Au fur et à mesure que la distance entre les deux engins diminue, au rythme des bosses et des trous sur leurs sentiers respectifs, le temps s'assombrit et ne laisse comme seul éclairage que des paires de phares rouges et blancs. Pendant que les hommes transigent, que Hank et Eugene enjambent la clôture en passant d'une boîte de pick-up à l'autre, Gervais tente de repérer la silhouette en fuite en scrutant le bosquet sans quitter son siège.

Hank et Eugene retournent chez eux pour la fin de semaine. C'est un rendez-vous bimensuel : un redneck des montagnes Vertes vient les ramasser sous les étoiles d'Eccles Hill. L'un d'eux doit rendre visite à son agent de probation et l'autre en profite pour aller voir sa blonde. Les Huot paient Léandre pour qu'il ne dise pas un mot aux douaniers, dont les rondes en quatre-roues se font surtout durant le jour. Dès que les ouvriers mettent les pieds dans l'autre boîte, une main sort de la fenêtre du passager et leur tend une flasque de ce qui doit être un moonshine local. Il s'en brasse des infects dans le coin, mais aucun n'accote ceux des bouseux vermontois. L'Américain qui vient chercher les ouvriers débarque de son camion. Il porte une barbe longue et rêche dont les poils recouvrent les bretelles d'une salopette tachée d'huile. Chacun son tour, Hank et Eugene prennent une gorgée et balancent la bouteille vers le nord, dans la boîte du pick-up d'Euchariste, qui ordonne à son petit frère de la lui passer. Avant de le faire, Gervais a la témérité d'en dévisser le bouchon et de renifler le contenu. Aussitôt, il tousse, crache et tend la flasque à Euchariste.

– Prends-en donc une gorgée, voir. Ça va peut-être t'endurcir.

Le moonshine entre les doigts, Gervais lance un regard inquiet vers son banjo. Hank et Eugene partent à rire. Le klaxon de leur truck retentit dans la pénombre et les fait sursauter. Euchariste débarque en souriant. Il s'approche de la boîte, adresse un clin d'œil à ses amis et agrippe le coude de Gervais.

– Envoueille, le frère ! Iglou, iglou !

Gervais commence à cogner des clous et ses yeux tombent dans la graisse de bines et en émergent par à-coups. Il faut qu'Euchariste serre la main qui tient la flasque pour éviter que son frère l'échappe. Il la porte à la bouche de Gervais qui le regarde faire, impuissant, paralysé par la peur, et y déverse une grosse gorgée de moonshine, puis il lui ferme la bouche en maintenant solidement sa mâchoire. Gervais tousse par les narines et finit par avaler un peu de liquide. Euchariste lâche son frère d'un seul coup, éclate de rire en pointant les Américains, fait cul-sec avec ce qui reste dans la flasque et la garroche dans la boîte où Hank et Eugene se tordent et applaudissent. Un klaxon se fait de nouveau entendre dans la nuit, la fanfare de bums se met en marche, tout le monde s'en va de son côté.

Tandis que le camion remonte le chemin d'Eccles Hill et passe sous son balcon, Léandre aperçoit son élève affalé de tout son petit long entre un coffre à outils et un pneu de secours. Il serre son banjo comme une doudou. Les nombreux trous dans la route ne perturbent pas son sommeil, parmi les boulons crasseux, les rodes de métal et les tiges de paille éparses dans la boîte du truck.

Il paraît que la cabane qui sert d'abri à Léandre Pelletier existait déjà quand les Fenians ont essayé d'envahir le coin. La plupart des voisins seraient prêts à gager qu'elle n'a pas beaucoup changé depuis. Au fil des décennies, ses occupants ont dû remplacer, à la pièce, les planches de bois gris et courbe, les carreaux de vitre rendus opaques par l'usure, le bardeau fendu du toit ou les poteaux croches du balcon, sans jamais penser à tout mettre à terre pour rebâtir. Léandre répète souvent à qui veut l'entendre, lors de ses rares visites en ville, après qu'on lui a demandé des nouvelles de son bout de chemin d'Eccles Hill, que le bois de son plancher travaille tellement qu'il est à veille de payer de l'impôt. Ce serait à partir de la colline derrière sa cabane, où paissent une douzaine de brebis aujourd'hui, que les Red Sashes auraient attendu qu'un Fenian pose le pied de leur côté des lignes pour le trouer, et juste en face que ces mêmes petits counes de Frelighsburg, de Saint-Armand et de Bedford auraient braillé comme des veaux au-dessus de la dépouille d'une bonne femme dure d'oreille qu'ils venaient de tuer, croyant qu'elle était un ennemi déguisé. Il faut imaginer une douzaine de gueux mal formés, nerveux et agités se précipiter au milieu de la nuit, armés de carabines plus longues qu'eux, au bout desquelles branlent des baïonnettes rutilantes, dans le réseau de pistes de trappeurs de la butte comme des fourmis dans une toile d'araignée, se poster à des endroits plus ou moins stratégiques et guetter le moindre son. Les coyotes devaient se retenir pour ne pas fondre sur un petit coune emmitouflé dans sa veste écarlate.

Léandre est une vieille âme tranquille qui ne demande rien à personne à part un lopin de terre et la sainte paix. Et un peu de pluie, une fois de temps en temps, pour aider à faire pousser le foin et pour remplir les deux moitiés de baril placées aux extrémités de son champ, quand son système bancal de pipes connectées au ruisseau dans la colline n'est pas bloqué par un amas de feuilles ou la carcasse d'un rongeur. Quand les douaniers inspectent la frontière en quatre-roues et viennent le héler de leur côté, il est assez blode pour ne pas dénoncer Euchariste, Hank et Eugene. L'entrée de sa cabane est souvent obstruée par un hamac fabriqué avec des poches de grains raboutées. Quand Léandre y est couché, le manche d'un banjo à cinq cordes pointe l'horizon comme la dent d'un narval de jute. Après avoir pris soin de ses moutons et bouffé un ragoût, une gibelotte ou une bouette qu'il a préparé en début de semaine, quand il n'y a rien de bon à la télé, il s'évache dans son hamac et gratte ses tounes en laissant sa voix remonter lentement le chemin d'Eccles Hill vers les voisins, vers la civilisation de Pigeon Hill. Quand le vent est bon, il arrive que des citoyens de Saint-Armand perçoivent son chant comme la ballade lointaine d'un tôlard. Ces temps-ci, le chant des cigales a tendance à forcer Léandre à projeter plus loin. Puis, quand ses chants l'ont assez drainé, il place ses mains sous son crâne noir et se laisse bercer par la brise qui arrive du sud la plupart du temps. Les hurlements de vermines percent la nuit comme des balles mitraillées sur un mur de briques, mais Léandre est bien au chaud dans son cocon.

Le jour de la première leçon de banjo, il n'enseigne pas à Gervais à répéter ses gammes, ni à exercer son doigté. Il ne lui donne pas, non plus, un cours théorique sur le jeu, la musique ou l'histoire du banjo. Il ne lui montre pas comment compter les temps, comment placer ses doigts sur le manche, ni comment accorder son instrument. Au lieu de tout ça, Léandre amène Gervais flâner sur sa terre en compagnie des brebis. Chacun équipé de son banjo, qu'ils trimballent comme un baluchon, les musiciens déambulent dans le foin et le sous-bois autour de la fermette. Au cœur d'un boisé de jeunes bouleaux, Léandre prend son instrument comme s'il s'apprêtait à jouer et invite Gervais à l'imiter. Le garçon obtempère et tente de ne pas frapper son manche sur les branches autour. Il a pris une vieille ceinture de son père comme courroie qu'il se passe sur les épaules. Toujours en déambulant, Léandre dit :

– Ton premier apprentissage va être simple : tu marches. C'est toute. Le banjo, c'est un instrument qui se joue debout. Pis, dans ma famille, c'est un instrument qui se joue en marchant. Vas-y. Gratte une corde.

Nerveusement, Gervais se met à gratter une seule corde à l'aide de son pouce. Il trébuche et perd l'équilibre constamment à cause du sol inégal mais, en suivant les encouragements de son professeur, il persiste. En se faufilant entre les arbres, en enjambant les pierres et les trous dans le sol, en contournant les branches, en piétinant les vesses-de-loup, en se frottant sur le lichen des roches et en salissant ses vêtements, Gervais doit se concentrer pour maintenir le rythme. Il doit synchroniser ses mouvements, anticiper les déséquilibres et les écueils du parcours pour les intégrer à sa démarche. Gervais doit apprendre à danser avec son instrument et avec le terrain. Léandre se joint à lui en grattant la même corde – bien sûr, son jeu est plus confiant et le son de son instrument, plus clair. Dans le sous-bois, les deux banjos rompent le silence et éveillent les fantômes qui hantent la frontière.

Puis, tandis que la forêt s'épaissit et s'assombrit, Léandre soliloque en indiquant à son élève, d'un geste de la main, de continuer à jouer :

– Mon père répétait une parole, que son propre père lui répétait quand il jouait du banjo. C'est une parole que mon grand-père tenait de son père à lui. La parole parle du diable pis elle commence comme ça : « J'ai entendu l'obsession de mon peuple pour le diable chantée de ben des façons. Je sais que le diable a été évoqué par du monde qui ont vécu des choses ben effroyables, par des fous comme par des charlatans qui ont le diable facile. C'est pourquoi, yâb', je joue plus fort qu'eux. C'est pourquoi, yâb', je joue plus fort qu'eux. »

Le sol de la forêt se fait de plus en plus escarpé alors que les musiciens gravissent la colline où somnolaient les Red Sashes, plus d'un siècle plus tôt. Il y a longtemps que les moutons ont cessé de monter jusque-là. Gervais doit maintenant éviter de s'enfarger dans les murets de pierres dressés sur leur parcours. Il suffit d'un caillou instable pour le faire perdre un battement. Son maître poursuit la leçon en changeant de ton, il entraîne Gervais dans un crescendo monocorde :

– Si t'es pour apprendre le banjo, tu dois d'abord connaître une ou deux choses sur le diable et sa relation avec les chemins perdus comme celui d'Eccles Hill. Non seulement il t'entend jouer, mais il t'en tient rigueur. Il te déteste parce que tu joues. Joue plus fort ! Il n'y a pas si longtemps, des hommes des États, des hommes sombres et dont les épaules courbaient vers la terre comme le manche d'une canne – joue plus FORT ! – passaient leurs journées à rôder dans les collines. GO ! Frappe les cordes ! Ils se postaient à la croisée des chemins, en attente du passage d'une Tin Lizzie chauffée par Lucifer en personne.

Ils redescendent maintenant la colline vers le chemin. Gervais avance avec confiance, les mots de Léandre ne lui font pas peur. Au contraire, chacun de ses pas percute la terre et le propulse avec plus de vigueur dans la pente. Il fouette désormais les cordes sans hésiter et hasarde même ses doigts de la main gauche sur les frettes. Ses accords dissonent et créent une réverbération glauque sous les gigantesques érables de la propriété de Léandre. Si l'envolée diabolique de son professeur a de quoi le terroriser, la musique agit comme un garde-fou.

– Le temps, Gervais! Le temps que tu gardes, que tu maintiens en jouant. Steady pis égal. Le temps est une éternelle canicule dans le fond des rangs pis les citoyens, des pauvres damnés qui suent leur âme à chercher un salut. Fesse les cordes, mon gars! Inonde le chemin, couvre les fougères de ton métal sonore, pour que les cigales chantent toujours plus fort, enterre les criards! La chaleur de l'asphalte fait onduler une rivière invisible au-dessus des routes du grand Saint-Armand pis avoue, Gervais, qu'il est difficile en sainte-chiasse de pas penser que c'est les égouts de l'enfer qui refoulent.

Aussi subitement qu'elle est apparue, la silhouette prend la fuite dans le bosquet qui longe la piste. Les sifflements des contrebandiers se font plus timides tandis que le coyote fonce dans l'obscurité à la recherche d'un abri ou d'une odeur intéressante. Entre les chicots de bouleaux et les drageons plus ou moins convaincants de peupliers faux-trembles, il se faufile en projetant une ombre sur le tapis de fougères à peine éclairé par les phares des pick-up en arrière. La nuit est couverte de taches opaques qui, selon ce qu'on dit dans le coin, annoncent du mauvais temps dans les jours à venir. Le dernier repas substantiel du coyote remonte à l'avant-veille, alors qu'un lièvre s'est pris dans un rouleau de fil barbelé, sur une propriété plus ou moins abandonnée du côté de Richford, au Vermont. Il fallait entendre le lièvre crier sa vie dans la nuit, jusqu'au matin. Le coyote n'avait plus qu'à suivre les cris en tâchant de rester aux aguets d'une ruse de chasseur, pour découvrir un lièvre sur un plateau d'argent. Depuis qu'il a mis la patte de ce côté-ci des lignes, ç'a été le calme plat. Alors qu'il suivait le bandeau défriché de la frontière, la faim se faisait toujours de plus en plus sentir, allant jusqu'à miner ses forces dans la poursuite d'un vlimeux de renard qui le narguait depuis les États. Dans les sentiers de chevreuils aux alentours du chemin d'Eccles Hill, le vent du sud transperce les rideaux de feuilles et fait se cogner entre elles les branches des arbres plus imposants. Un jeu de percussions naturel, syncopé par le frottement des essences, accompagne les déplacements du coyote. Personne ne sait ce que c'est que d'errer aussi bien qu'un prédateur affamé. Personne ne sait se laisser guider par les signes d'un repas imminent aussi bien qu'un coyote qui n'a pas mangé depuis deux jours. Un bruissement au-dessus lui murmure le trajet à suivre, une route secrète entre les murs diaphanes de bouleaux, passé une épinettière qui semble avoir été greffée là, juste avant d'atteindre l'ombre de la colline d'Eccles Hill, aux bordures d'une érablière striée de pistes de motocross labyrinthiques.

Vers le nord, une clairière de foin est parsemée de mottes blanchâtres. Le coyote s'arrête à l'orée du bois et tourne sur lui-même en humant l'air. Ils ont beau être en aval du vent, pour lui, les moutons de Léandre Pelletier sont plus odorants qu'un parvis d'église le dimanche.

Depuis un certain temps, il arrive que Gervais apporte des portraits de famille au chevet de son lit pour les regarder avant de se coucher, le soir. Sur l'un d'eux, un étrange trio de jeunes hommes se tiennent droits sur une porte de grange recyclée en radeau, quasiment submergée dans la rivière aux Brochets. Le clocher de l'église Saint-Damien en arrière-plan se fond dans le ciel du même ton.

Le grand-père et les grands-oncles Huot avaient une réputation qui les précédait et qui suivra Gervais toute sa vie. De Stanbridge Station à Frelighsburg, de Mystic à Pigeon Hill, les petits counes parlaient tous des Renégats, la bande que formaient le grand-père Octave, ses frères Zéphir et Jules et quelques autres bums amis de la parenté. Sur la photo, les trois jeunes hommes posent fièrement côte à côte, les jambes légèrement écartées à cause d'un équilibre qu'on devine précaire sur leur radeau de fortune. Personne dans la famille ne sait vraiment s'il s'agit d'Octave, de Zéphir et de Jules ou bien de trois autres gars de la région se faisant passer pour ceux-ci, mais le fait que la photographie se soit retrouvée dans les archives familiales constitue une preuve suffisante pour supposer qu'ils sont bel et bien les aïeux Huot. Le plus grand des trois tient une longue perche qui fait office d'aviron, sa casquette flotte sur sa tête et son veston paraît trop grand. Au centre du radeau, le plus petit a dans la main une tige d'acier mince qui lui arrive au menton au bout de laquelle on distingue

le crochet d'un harpon. Le plus intrigant des Renégats tient une carabine à sa taille, en travers de son corps, et baisse légèrement une épaule comme s'il posait. Ce qui détonne, c'est autant sa carabine que le fait qu'il soit vêtu d'une robe de servant de messe. L'eau de la rivière, comme toujours, est très calme. Tellement que les reflets des trois figures sont presque parfaitement visibles et limpides – des doubles à l'envers pêchant à la carabine les carouges à épaulettes dans le ciel de Bedford.

Dans sa chambre, Gervais place le cadre sur sa table de chevet et le fixe tout en grattant son banjo. Il lui arrive de tomber dans la lune en répétant les accords d'un blues bizarre. Et, dépendant de l'heure qu'il est, ça peut énerver son père, qui décide alors de se lever de son lit pour venir rythmer sans le vouloir le grattement de Gervais en piochant sur le mur mitoyen de leurs chambres. Les poings gigantesques du père résonnent sur le mur comme sur une grosse caisse, battant les croches de façon plus ou moins régulière et faisant trembler toute la maison, des cadres de photos aériennes de la ferme au-dessus de la commode de la mère aux bibelots sur le bureau de la chambre de Dorothée, au sous-sol. Sur le balcon, dehors, les corps morts traînant le long de la balustrade font un concert de clochettes, et il peut arriver qu'un Hank ou un Eugene attendant la fin du chant des cigales sur une chaise de patio en équilibre sur ses deux pattes prenne le pas en tapant à son tour le goulot de sa bière à l'aide d'une fourchette, d'une lame de couteau ou d'un cul de lighter, suivant la musique de Gervais qui coulisse par la fenêtre le long du revêtement de la maison jusqu'à ses oreilles crasseuses. Ça ne dure jamais plus longtemps qu'une vingtaine de secondes, le temps que le chien d'Euchariste se réveille et jappe assez fort et assez mal pour rendre l'orchestre cacophonique. Gervais sort alors de sa torpeur, pose son banjo et replace la photographie dans une boîte sous son lit.

Dehors, un de ces soirs-là, dans un croche du Dutch, sous les bras de feuillus le long de la route, une masse orange entend la famille Huot donner un concert aux lucioles. Elle est couchée sur le côté dans les quenouilles et marmonne machinalement la mélodie qui lui parvient en écho. Elle distingue surtout le son distordu des cordes du banjo de Gervais. Un amas d'étoiles scintille dans l'obscurité.

Gervais se reconnaît dans le statisme des clichés familiaux, l'immobilisme plastique des aïeux, typique de la photographie de l'époque. Ça évoque les crises de cataplexie qui le glacent à chaque émotion forte, ça l'inscrit dans une lignée. Ça lui rappelle la fois où on avait dû le maintenir accoté sur une planche légèrement cantée, devant l'autel, lors de sa première communion, parce qu'il était terrifié par le curé.

Dorothée, elle, s'identifie beaucoup plus aux détails qui ont tendance à échapper aux gens de sa famille, quand ils observent les portraits. Quand tout le monde est couché, il lui arrive de monter à son tour sur la chaise que son frère utilise et de se pencher alors vers les photos à la recherche de détails qui paraissent inventés : une silhouette dans une fenêtre d'un édifice lointain en arrière-plan ou un curieux au visage brouillé qui semble fixer l'objectif en marge du point focal. Sur le portrait des trois Renégats, elle se sent en totale communion avec l'homme à peine visible sur la rue Church, entre le presbytère et l'église, dont la tête figure au centre d'un parapluie noir. Il se fond dans le décor et échappe au regard de ceux qui ne prennent pas le temps de bien voir.

Un matin, à l'aube, une déchirure derrière la cabane, près de la clairière, au pied de la colline, a fait fuir le troupeau de Léandre. Épars dans les bois, ses moutons ont dû être ramenés un à un dans l'enclos. Il lui a fallu quelques heures pour tous les rassembler, tous sauf un. Celui-là ne reviendra pas à la fermette.

Deux jours plus tard, cinq urubus dessinent des cercles au-dessus des arbres, vis-à-vis de ce qu'on devine être la dépouille de l'agneau manquant. Ils planent lentement, comme s'ils avaient tout leur temps, et tracent une cible macabre dans le ciel. Les suppôts doivent bien se nourrir, eux aussi. Au-dessus de leurs toges ténébreuses s'étirent des crânes rosâtres au bout de cous noueux, ratatinés, rappelant des missionnaires scalpés et égorgés. Sur un des nombreux rocs qui poivrent les bois bromisquois, la bête éviscérée attire déjà un lot de mouches n'ayant pas perdu de temps pour pondre leurs œufs dans la chair en lambeaux.

Léandre arrive à repérer, au sol à côté de la bête, sous une natte de larves grouillantes, ce qui ressemble à des tripes laissées intouchées. Le reste du corps de l'agneau a été dévoré et sa carcasse sert maintenant d'épicerie pour des milliers d'insectes et des charognards cachés dans les parages. La gorge de l'animal est constellée de points rouges, un collier de traces de dents. Par le passé, il est arrivé à Léandre de perdre des brebis à cause d'attaques de chiens du voisinage en manque de divertissement, mais aujourd'hui, tout porte à croire qu'il faudra bientôt se mettre à pourchasser le coyote.

– Tu veux-tu ma vingt-deux, mon Léandre?

Vrai qu'il pourrait très bien emprunter l'arme d'un voisin, se poster dans un coin du champ et attendre que la bête réapparaisse. Le problème serait réglé. Sauf qu'il s'est installé, avec le temps, chez les Pelletier, une manière de relation avec les coyotes qui osent traverser leur terrain. Elle tire ses origines d'une superstition ancestrale qui veut que l'éleveur qui tue une de ces bêtes sur ses propres terres verra son troupeau décimé avant la première neige. On conviendra que c'est mystique. On s'entend que ça n'a rien de rationnel. On se torchera néanmoins du scepticisme des perfides: savoir si c'est avéré ou non peut bien occuper l'idolâtre. Sur le chemin d'Eccles Hill, à deux minutes en truck du chemin du Diable, on préfère s'en tenir à ça. Une tradition de chasse peu commune se perpétue donc ici: l'éleveur se voit contraint de faire fuir le coyote, par tous les moyens à sa portée, sans le tuer. Tout le monde sait que le coyote descend directement de la Bête, ou l'incarne, en tout cas, dans sa forme animale. Alors, déjà que le destin a voulu que Léandre vive à quelques centaines de mètres d'un chemin qu'un désaxé a choisi de nommer en l'honneur de la Noirceur, ces choses qu'on n'oserait comprendre doivent rester incomprises et Léandre Pelletier n'est pas celui qui testera la validité d'une croyance familiale vieille d'au moins quatre générations. Il se grée tout de même d'un couteau et prend le bois pour deux jours pendant que ses brebis se morfondent dans la fermette.

Les voisins d'Eccles Hill veulent bien se relayer pour prendre soin de son troupeau le temps qu'il s'occupe de repousser la bête, ça les amuse de le voir se fendre en deux pour traquer un animal sauvage et l'escorter en dehors de ses terres. Il faut dire que ça faisait un bout de temps qu'il n'y en avait pas eu, de coyotes, mais les cris nocturnes des derniers mois trahissaient leur retour dans la région.

Joueurs de banjo de père en fils, les Pelletier de sa branche se servent de la musique pour éloigner la bête. C'est simple, il traverse sa propriété de long en large en grattant du blues, des stomps, des reels, des ballades, du zydeco, des hymnes, du bluegrass et n'importe quelle mélodie plus ou moins jolie qui pourrait faire peur à un Malin. Léandre se dit que le pincement métallique doit rappeler au coyote le bruit constant des sweatshops de l'enfer, et il doit prendre les paroles de ce qu'on lui chante comme des supplications gentilles.

– Please, dégage, incarnation du yâb'. Please, please, dégage. C'est pas qu'on t'aime pas, c'est qu'on veut pas te voir. Please, dégage. Please, please, dégage.

Avant d'aller déposer son petit frère chez Léandre pour sa leçon de banjo quasi quotidienne, Euchariste juge que l'apprentissage de Gervais ne doit pas se limiter au grattage de cordes. À la croisée des chemins d'Eccles Hill et du Diable, il arrête son pick-up et se tourne vers Gervais en lui tendant une flasque. Le goût du moonshine américain que lui a fait avaler son grand frère, il y a quelques jours, lui revient en bouche alors qu'il ausculte l'objet. S'il n'est pas pressé de revivre cette expérience, Gervais se montre tout de même intéressé par ce que son frère veut lui transmettre.

– Pense pas te rendre là en Chevette ou en Escort. Tu prends le pick-up le mieux jacké que tu peux trouver. Un pick-up qui peut te faire passer en-dessous sans te faire perdre ta calotte, un pick-up qui vient avec un escabeau, un pick-up qui a pas besoin de changer de voie pour dépasser un char, un pick-up qui est tellement haut que c'est lui qui mouille sur les nuages pis que c'est lui qui tonne sur le mont Pinacle. Tu prends le chemin d'Eccles Hill de l'autre bord de Pigeon Hill pis tu tournes icitte sur le chemin du Diable. Arrivé sur le chemin du Diable, tu vas croiser trois gros pins – tu peux pas les manquer, ils sont tellement proches de la route que tu roules quasiment en dessous de leurs branches. Ils sont tellement grands qu'il a fallu installer un set de lumières de Noël à la plus haute cime pour empêcher que les avions leur rentrent dedans. Ils sont tellement gros que le monde qui passent en bicycle à pédales figent sur place ou revolent de l'autre bord du guidon à cause des pneus restés pris dans le ruisseau de gomme comme dans le magma d'un volcan des Appalaches. Tout de suite après les pins, tu te décolles les doigts pis tu fais attention pour par manquer le chemin qui descend au sud, à droite. On dirait une trail de quatre-roues, mais il faut que tu me fasses confiance, à moins d'arriver en moissonneuse-batteuse, ça devrait passer sans problème. Là, tu roules pendant un bon quinze minutes vraiment lentement parce que, tu vas voir, la trail est pas tout à fait à l'équerre. L'idéal, c'est de demander à un de tes chums de grimper dans la boîte pis de se mettre debout en regardant au-dessus de la cabine, par en avant, pour t'avertir si jamais il y a des bouts trop serrés ou trop croches.

Il faut dire que ce n'est pas à tous les jours qu'Euchariste se sent investi d'une mission éducative vis-à-vis de ses frère et sœur. La plupart des phrases qu'il leur adresse servent à les rabaisser ou à leur intimer un ordre. On peut donc comprendre que Gervais affiche un enthousiasme modéré. Les yeux fixés au plancher du Dakota, il guette l'astuce qui trahira les intentions d'Euchariste. Sur ses cuisses, son banjo bruni vibre faiblement au chant des cigales.

– Un coup rendu, tu vas le savoir, la trail arrête sec sur une clairière. Là, t'as une sorte de shed en bois gréée d'un toit en tôle fait avec un gros panneau de signalisation qu'Eugene a arraché sur la 89 pas loin de St. Albans. Dans la shed, tu vas trouver tout le matériel qu'il faut pour préparer ton moonshine : un alambic, des barils de bois en masse, deux ou trois baquets, des tuyaux qui se respectent, du charcoal, un moulin à grains. Toute le kit. Après ça, t'as rien qu'à suivre la recette de Hank :

1) La première chose que tu veux faire, c'est préparer un compost avec une couple de voyages de feuilles de chêne. Nous autres, on les trouve aux alentours de la clairière, mais il y en a un paquet dans le creux du vallon pas

loin de Nigger Rock, à Saint-Armand. Tu demandes aux frères Luke, ils vont te laisser aller t'en râcler une couple de barouettées – ils vont même te passer leur quatre-roues si t'es blode pis que tu leur promets une petite flasque en échange. Tu fais composter ça ben comme il faut, avec d'autres affaires, mais en t'assurant que les feuilles de chêne soient majoritaires dans le mélange. Là, je te vois venir, tu dois te demander pourquoi je te dis de préparer du compost, c'est pas des tomates que tu veux planter! L'affaire, c'est que la plupart des recettes de moonshine que tu vas trouver dans les livres ou en demandant aux mauvaises personnes vont te dire de prendre du grain de maïs comme celui qu'on donne aux chevaux. Hank, Eugene, Hervé pis moi, on truste pas ce monde-là qui met de la moulée dans sa boisson. Ça fait que tu vas faire pousser ton propre maïs dans le compost de feuilles de chêne.

2) Avant ça, il faut que tu places une couple de seaux vides – idéalement des seaux de cinq gallons, comme ça tu peux être sûr de pas en manquer – en plein milieu de la clairière, pis que t'attendes qu'ils se remplissent d'eau de pluie. S'il mouille à peu près pas, laisse faire l'eau de pluie, il y a une crique dans le bois en remontant la trail. Tu gardes cette eau-là, on va en avoir besoin bientôt.

3) Un coup que ton compost est prêt, tu le mélanges avec de la belle terre noire. Pas besoin d'aller loin, prends une pelle pis creuse un trou, hostie de tabarnac! C'est une région fertile, qu'ils disent.

4) Tu divises un boisseau de graines de maïs non trai-tées dans deux sacoches de jute en rajoutant de la poudre d'ail pour empêcher une infestation de bibittes ou de vers. T'enterres tes sacoches dans le mélange de terre pis de compost de feuilles de chêne. T'attends que ça pousse.

5) Quand les graines ont germé d'à peu près un quart de pouce, tu peux les laver pis les passer dans le moulin à grain de Hank qui est là à ramasser la poussière dans le fond de la cabane. Tu verses les grains moulus dans un

baril de bois en te servant de l'eau de pluie pour remplir la balance.

6) Tu vides douze sachets de levure Fleischmann's, pis t'attends que ça fermente pour la peine.

7) Avant de siphonner l'alcool, t'enlèves les couleuvres, les mulots pis les autres vermines qui se seraient peut-être ramassées dans le baril.

8) Tu fais passer ton alcool dans l'alambic trois fois en réservant la première pinte de chaque run. Cette partie-là est pas buvable. C'est celle-là qui donne des remords, qui rend débile, qui fait faire des singeries au monde, qui fait perdre la map. Eugene raconte qu'à un moment donné, il travaillait dans un camp dans les montagnes Vertes pis sa chainsaw a manqué de gaz pis que la seule chose qu'il avait, dans son truck, c'était des pintes de la première batch de boisson. Ç'a l'air qu'il s'est réveillé le lendemain couché en-dessous de son truck. Il avait pu finir sa job sans problème, en prenant un petit coup sur le side, mais il s'est mis à halluciner un trou dans sa nuque gros comme un trente sous qui crachait du pus pis qui dégageait comme une odeur de mort. Assez pour attirer les urubus. La seule façon de se protéger des oiseaux avait été de rouler en-dessous de son truck. Ça fait que réserve les premières pintes pour nettoyer tes outils ou pour décaper des patentes pis oublie l'idée de te les mettre dans la gorge.

9) Le reste, tu le fais vieillir dans le baril de chêne pendant une bonne année avec un boisseau de morceaux de charbon, des cocottes de pin grillées, dix pieds de corde de bale, à peu près deux piasses en cennes noires ou en argent Canadian Tire, des boulons, des vis galvanisées, un morceau de pneu de pick-up, le 45 tours de Gerry – en faisant ben attention de pas le maganer –, une roche de la grosseur de la tête d'un bébé, des copeaux de bois dans une poche de coton, trois ou quatre bonnes poignées de gazon Kentucky Blue – celui de chez Rioux est pas pire, d'autant plus que son âne va chier dessus une fois de temps en temps,

ça le rend plus sucré –, mon t-shirt de Black Sabbath, une tasse de pinottes BBQ, deux sploutches de savon Fast Orange, toute la poussière de la cabine d'un John Deere – ou d'un Massey-Ferguson si t'es mal pris, n'importe quoi sauf un Case –, un jarret de veau calciné, une couette de Ruth à moins qu'elle veuille pas, le carré de cuir du siège du conducteur de mon premier char – une Corvette 1979 dorée avec les vitres teintées pis le toit décapotable, il s'en fait plus, des chars de-même – pis une plaque de tôle arrachée du revêtement de l'ancienne laiterie. Anyway, la plupart de ces affaires-là sont déjà empilées dans le chiard de la cabane, pis les autres sont assez faciles à trouver.

10) Là, t'attends une année complète. Après, tu passes le whiskey trois fois distillé dans un filtre à café pis t'invites toute ta parenté pis tes voisins pis une petite blonde si jamais tu finis par te déniaiser à fêter la nouvelle cuvée.

Le pick-up repart aussi vitement que la recette s'est terminée, traçant dans la chaussée deux lignes parallèles vers le sud sur le chemin d'Eccles Hill. Le reste du trajet vers la fermette de Léandre se fait dans le silence, si ce n'est du son des contenants d'huile vides et des vis et boulons crasseux qui roulent entre les pieds de Gervais, au gré des courbes du chemin. Le pick-up passe en trombe sous le monument érigé à la mémoire de la bataille d'Eccles Hill, à l'endroit où les Red Sashes auraient dirigé leur défense de la frontière. Devant la cour de Pelletier, Euchariste regarde son frère descendre. Il prend à nouveau la parole alors que Gervais monte le trottoir bancal menant au balcon, sans trop savoir s'il l'entend réellement.

– Aussi, un jour, je te conseille de tendre l'oreille vers le sud-ouest. Si t'es pas endormi entre tes remplissages de barils, je te conseille rien qu'une affaire, c'est d'écouter vers Eccles Hill. À partir de la cabane à moonshine, à cause du dénivelé ou de la clairière ou de la forme de la cabane qui doit capter plus d'ondes de son ou je sais pas, ça se peut que tu reconnaisses clair comme du gin à cochon le son du banjo de ton grand chum Léandre qui serait après faire peur à un coyote. Icitte, la musique circule dans le beurre pis se propage entre les érablières comme un bon vent, tellement que ça se peut que t'aies l'impression que Léandre est assis juste là, à côté de toi, entre deux barils de boisson, après gueuler ses incantations. Imagine-le grouiller dans le flanc d'une butte, caché dans un bosquet, après taper du pied sur des notes de l'Évangile, après faire claquer ses cordes sur la peau de son banjo comme un fouet dans une talle de ronces. Imagine-le suer sa vie dans le bosquet, comme en transe, pis dis-toi que c'est plus beau que n'importe quel coup de douze pogné en écho dans les rangs sur la tôle des granges ou dans le béton en rond des fosses septiques. Si les chants de ton chum marchent, ça se peut que les cris du coyote, dans les soirs d'après, arrivent de ben plus loin que tu penses. Par une nuit tranquille, ça se peut que le Malin se ramasse aussi loin que Stanbridge East. Qu'il essaie de traverser la 202 vis-à-vis du rang Bunker pis que les chars passent à un poil de poche de le faucher. Écoute comme il faut, tu vas peut-être entendre le son du monde qui s'effondre à partir de ta cabane à moonshine au milieu du chemin du Diable.

Sur le rang Dutch à Saint-Armand, les tumbleweeds sont des caps de roues poussés par les remous de minounes qui passent en trombe. Un soir sur deux, en rentrant de l'école, quand son frère n'est pas disponible pour l'y conduire, Gervais fait le chemin menant chez Léandre à pied, sur le pouce, équipé de son banjo et d'une sandwich au beurre de pinottes et à la confiture de fraises. Aujourd'hui, le vent fait sonner les cordes de son instrument et le bruit attire les vaches dans le pâturage de la ferme des Groulx. Le pouce de Gervais bat la mesure sur la petite corde et son index et son majeur s'essaient à gratter les notes avec peu de conviction. Une ballade qu'il a entendu jouer par Léandre, racontant l'histoire d'un prisonnier et de sa libération annoncée dans les astres par-dessus le mur du pénitencier. Dans la chanson, la Grande Ourse est décrite comme un grand banjo que le tôlard doit rejoindre. Gervais ne se souvient plus très bien des paroles, alors il adapte le récit dans sa langue.

– N'importe quand, n'importe quand, je m'en vais sauter de l'autre bord.

Le passage du tracteur des Turmel tirant un semoir effraie les vaches. Quand il a son banjo, Gervais n'a plus peur du grondement des monstres à moteur qui circulent sur le Dutch. Ses parents ont conclu, après quelques incidents, dont un qui lui a laissé une bonne cicatrice sur la joue, que sa condition ne lui permettait pas de faire du vélo. À pied, s'il en ressent le besoin, il s'arrête et trouve un coin de terrain ou une rangée de maïs pour s'assoupir quelques minutes. Autrement, il avance jusqu'à ce qu'un citoyen comme Rodrigue Létourneau passe par là et le réveille en lui offrant de l'embarquer dans sa voiture, son tracteur ou son quatre-roues.

– Je m'en vais à Eccles Hill, justement.

Hot Rod conduit comme un voleur dans le Dutch, fait à peine son stop avant de tourner sur le chemin de Saint-Armand, vers Frelighsburg. Il ne semble pas préoccupé par le fait que la manœuvre vient de lui coûter un cap de roue. Son carrosse de rouille, qu'on a déjà nommé Firebird lors de meilleurs jours, a disparu dans un nuage de poussière et de boucane vers l'est quand le disque traverse la cour du Shell et s'échoue près du pompiste. Celui-ci se lève de sa chaise pliante et fait planer l'objet dans le fond du garage.

Gervais s'agrippe à son instrument dans l'habitacle poussiéreux de la Firebird. Il bâille profusément à cause de la nuit qu'il vient de passer accroupi dans une pinède près de la propriété des Huot à gratter son banjo jusqu'aux lueurs de l'aube pour pourchasser, lui aussi, une silhouette courbée. Par la fenêtre de sa chambre, il l'avait vue passer devant l'ancienne laiterie, fouiller dans une talle de rhubarbe et traverser le Dutch vers l'étang. Aussitôt, il avait enfilé une paire de bottes de pluie et s'était emparé de son instrument pour suivre l'exemple de Léandre. Il voulait sans doute protéger les mille et un chatons difformes et consanguins de la ferme. Les souvenirs de cette nuit mouvementée lui viennent par secousses et sont estompés par un brouillard de fatigue. Aujourd'hui, sur le chemin de Saint-Armand, son manque de sommeil rend son tonus chancelant et la conduite mongole de Rodrigue n'aide pas. Quand Gervais indique à son chauffeur où le déposer, celui-ci sourit.

– C'est drète là que je m'en allais.

Chez Léandre, Hot Rod pose sa contrebasse en lui plantant le pied entre deux planches du balcon et accote ses bras sur la caisse comme s'il lui donnait une caresse en écoutant le maître et l'élève faire des exercices de doigté au banjo. Il écoute un moment puis commence à leur raconter en détail l'accident qui vient de se produire, l'avant-veille, à Stanbridge East, comme quoi une voiture des Verts aurait capoté pour laisser s'enfuir de nouveau le colosse. Ses doigts se mettent à flatter les cordes de son instrument sans qu'il arrête de jaser. Gervais essaie de se concentrer sur ses propres mouvements. Il tourne le dos aux deux hommes, dans les marches, et les sursauts de ses épaules laissent deviner qu'il lutte avec autre chose que la raideur des cordes.

Il faut entendre le récit des événements tel qu'il émerge de la voix rauque de Hot Rod. Il faut voir son visage couvert d'une barbe épaisse poivre et sel, ses lèvres galeuses et sa peau de la couleur du cuivre d'un Dobro centenaire. Il faut sentir dans chacune de ses flexions l'effet des longues journées de travail agricole et de jobbines ici et là. S'il plie seulement le bras pour repousser ses lunettes entre son nez et le creux duveteux de ses sourcils, il faut compter les fissures dans le cuir de sa peau à la jonction de son bras et de son avant-bras.

Léandre n'a plus de nouvelles du coyote qui menaçait ses bêtes depuis quelques jours, la méthode familiale a fonctionné. Quand Hot Rod mentionne la présence d'un coyote sur la 202, le lien ne se fait pas naturellement. Le contrebassiste raconte comment il a été parmi les premiers à se rendre sur les lieux. D'un ton calme, il ponctue l'anecdote de lignes de walking bass donnant à son récit les allures d'un blues parlé.

Léandre laisse alors Gervais à ses exercices cahotants et choisit de donner plutôt la réplique mélodique à Rodrigue. Ce dernier explique tranquillement, étirant tout à coup chaque fin de mot en chevrotant légèrement, comment il revenait de Dunham, où il achevait de creuser une digue pour un système d'irrigation dans le verger d'Ulysse Lanctôt, quand il a vu les Verts arriver dans le sens opposé et sauter le parapet. Il faisait trop noir pour bien distinguer les morceaux qui se faisaient cracher en dehors du bolide, mais Rodrigue raconte qu'il s'est tout de suite rangé sur l'accotement pour aller quérir les accidentés en bas du pont. Les yeux fermés, il décrit comment il a dû cogner chez Alonzo Tougas, réveiller sa bonne femme et lui demander, non sans prendre le temps de présenter ses excuses pour les avoir dérangés à une heure aussi peu disable, s'il pouvait emprunter une chaloupe pour rejoindre l'auto-patrouille des Verts dont les cerises se faisaient encore aller en bas du pont. La cour des Tougas était séparée de la rive par un bois en bordure duquel la bonne femme cultivait des mûres et des framboises en haies compactes. Elles se dressaient devant lui comme une forteresse et il lui fallait trouver sans perdre de temps le sentier que Tougas battait quotidiennement pour atteindre la rivière. Dans l'obscurité, il devait être agile : s'il rescapait quoi que ce soit des flots, ce ne serait pas en se laissant culbuter jusqu'à la rive. De peine et de misère, en donnant de grands coups de bottes dans l'éclairage stroboscopique des cerises de l'auto-patrouille, Hot Rod a fini par arriver à la cordée de billots de bois qui sert de quai aux Tougas. Là, une belle Princecraft flambette dormait sur les remous.

Le pauvre Gervais se penche sur le côté toujours en tournant le dos aux autres musiciens. Son instrument est muet depuis un bout. Ses doigts semblent manquer de force. La fatigue triomphe. Rodrigue a maintenant un ton chantant qui le pousse à moduler selon ce que Léandre lui répond au banjo. Son jeu sur la contrebasse se fait toujours de moins en moins aléatoire et de plus en plus répétitif, comme le passage rouge et bleu de la lumière des gyrophares sur le flanc de la chaloupe en plein milieu de la rivière aux Brochets. Il affirme ensuite s'être emparé des rames, jugeant que les pales du moteur pourraient blesser quelqu'un un coup rendu aux côtés de la voiture. Ses mouvements étaient fluides. En ramant comme une machine sur le banc de la Princecraft, il s'est mis à crier.

– Bougez pas! Il y a quelqu'un qui s'en vient! J'arrive! Bougez pas!

Là, sa contrebasse prend enfin le pas sur le banjo de Léandre et dirige le duo dans un rag déconstruit. Le tapage sur le plancher ne semble pas déranger Gervais. Hot Rod est parti, il est dedans : ses doigts se promènent sur le manche de son instrument comme des barres de lettres sur le charriot d'une machine à écrire. À son arrivée au bolide, il a constaté que l'habitacle était vide, excepté l'eau qui s'y infiltrait graduellement et un chiard de paperasse, de cossins, d'éclats de vitre et de morceaux de ferraille. Ça sentait le gaz et une vapeur s'échappant du capot réchauffait la nuit déjà passablement chaude. Des silhouettes indistinctes faisaient leur apparition sur le pont, au-dessus du parapet. En haut, il entendait des gens hurler toutes sortes d'affaires et, plus discrètement, une complainte rauque usait la flanelle de sa chemise et lui râpait les oreilles.

Il faut entendre la voix éraillée de Hot Rod râler à son tour au pied d'Eccles Hill dans le battement des cordes. Il faut écouter le vent du lac Champlain siffler dans les fractions de secondes entre chaque claquement de ses cordes vocales. La Missisquoi rugir de ses poumons. Il faut peser la lourdeur d'un rag devenu stomp sur le balcon, aux abords de la swompe d'Eccles Hill. Il faut enfin apercevoir le pied d'un Gervais Huot affalé sur la marche du balcon battre comme par réflexe la mesure de ce qu'on joue derrière lui. En faisant le tour de l'auto-patrouille pour trouver la source du bruit, Hot Rod jure avoir aperçu quelque chose, au loin, surgir des flots. À quelques mètres de la voiture noyée, Hot Rod jure avoir vu s'enfuir sur le bord de la rivière aux Brochets une silhouette d'abord bleue, puis rouge, puis bleue à nouveau, puis rouge, puis bleue, puis rouge.

LES CIGALES

On sait tous que le grand-père Huot et ses frères avaient une réputation qui les précédait et qui suivra la famille pour toujours comme quoi, de Stanbridge Station à Frelighsburg, de Mystic à Pigeon Hill, les petits counes n'en avaient que pour les Renégats, la bande que formaient le grand-père Octave, ses frères Zéphir et Jules et quelques autres bums amis de la parenté. C'est tout de suite à eux que pense Ida quand, dans la grisaille qui pénètre par la fenêtre de sa chambre, Dorothée et Gervais collent sur la face extérieure de la vitre un de leurs portraits de famille. Les Huot portent leur imperméable parce qu'il pleut ce matin et ils ont même emballé la photo dans un sac Ziploc pour éviter qu'elle prenne l'eau. Le capuchon et le manteau de Dorothée sont dépareillés. Gervais, lui, a enveloppé son banjo dans un sac de poubelle et le tient comme un baluchon. Son imperméable n'a rien de spécial. Les visages des Huot sont cachés par la photo que Dorothée tend au bout de son bras comme un badge de policier. En plus des gouttes qui font déjà des coulisses épaisses sur la fenêtre, les plis du sac déforment l'image. On arrive malgré tout à en distinguer des formes et des figures. Quand enfin le sac s'aplatit sur la vitre, Ida doit mettre sa main sur sa bouche pour étouffer un cri.

La photo est celle de trois Red Sashes en noir et blanc. Ils se tiennent côte à côte. Celui à gauche regarde au loin, vers la droite du cadre. Ses mains sont accotées sur un

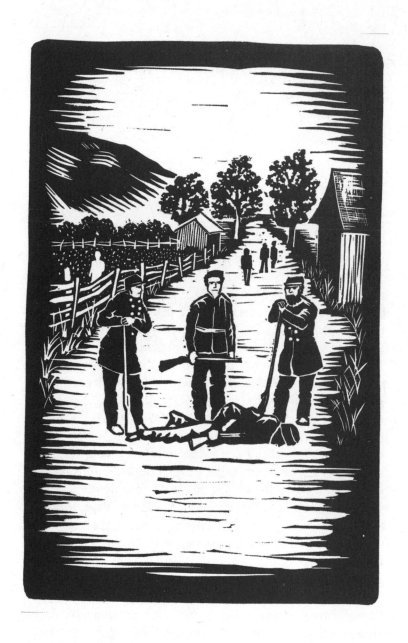

fusil pointé en angle vers le ciel – la crosse est bien assise dans le chemin. Il est légèrement penché sur son arme. Si on appuyait sur la gâchette, la balle lui percerait d'abord les deux mains, lui rentrerait dans l'épaule et lui ferait éclater la clavicule. Au milieu, un autre soldat, plus pâle, porte un manteau court. Son grand front lisse et blanc agit comme une pleine lune au-dessus de la scène. Il fixe l'objectif de l'appareil avec sévérité.

Le troisième est un homme plus âgé que les autres – qui doivent être dans la vingtaine. Sa palette de casquette est tellement basse qu'on ne voit pas ses yeux, et ses pommettes retroussées laissent croire qu'il sourit. Il est aussi accoté sur son fusil comme le premier.

Ils se tiennent au centre d'un chemin de terre bordé par des clôtures de billots de bois derrière lesquelles on devine que du bétail broute calmement. Plus loin, sur la route, un second trio de soldats se dirige vers l'avant. Des maisons grises en bardeaux longent la route à droite et, de l'autre côté, une colline ressemble drôlement à Eccles Hill, si on l'émondait à la grandeur.

Ce qui fait sursauter Ida, c'est ce qui amène les trois soldats à poser devant l'appareil. Ils se tiennent côte à côte et regardent soit au loin, soit vers l'objectif avec, à leurs pieds, un Fenian couché ventre à terre, la face à plat sur le sol, le nez enfoncé dans le gravier. Il est couché sur un fusil qu'il tient encore d'une main. Il pourrait être tentant de penser que la photo montre quelqu'un qui s'est enfargé, que l'image aurait saisi le moment même où le nez du soldat aurait frappé le sol, tellement sa position paraît inhabituelle. Non, les trois premiers soldats posent devant un trophée de chasse et les trois suivants, en arrière, se dépêchent pour aller scèner le cadavre, eux aussi.

La violence contenue dans cette image ne peut faire autrement que d'évoquer celle des Renégats. Les Huot la portent en eux. Que la photographie se soit retrouvée dans leurs archives familiales n'a rien d'innocent. La mère d'Ida dit souvent qu'il y a des familles destinées, comme les Huot, à suivre des modèles qui se répètent – il y en a des doux, il y en a des mauvais, il y en a des heureux, il y en a des tristes. Quand Ida lui demande quel destin ils ont, eux les Goyette, elle rit, puis répond qu'elle n'en a pas la moindre idée. Si vide soit-elle, la réponse satisfait Ida. Les photos de famille des Goyette sont remplies de fleurs et de portraits d'ancêtres qui posaient avec leur chien assis sur une chaise dans la cour. Pour sa part, Dorothée a toujours semblé avoir un appétit pour le tragique.

À travers le plastique du sac Ziploc et les gouttes de pluie, un huitième soldat, tout petit et discret, fait le piquet dans l'enclos à gauche. Pendant que ses amis vont célébrer la mort d'un ennemi, lui, il semble préférer regarder le bétail brouter. Un contemplatif, comme Gervais.

— De quel côté de l'histoire me suis-je tenu ?
Voilà ce qui doit hanter les esprits qui errent dans les limbes, la région frontalière de l'outremonde. Certains d'entre eux passent souvent voir Léandre Pelletier lorsqu'une journée pluvieuse de l'été le confine à ses quartiers, quand l'air dans la cabane devient compact et qu'il ne reste plus à boire dans ses armoires dégarnies que les premières pintes du moonshine de Hank et Eugene, celles qu'on réserve habituellement pour le nettoyage d'outils, celles qui sont réputées pour donner des remords et faire voir noir. Immanquablement, après que Léandre a pris quelques gorgées, un fantôme s'accroupit dans un coin, demandant à boire à son tour avant de commencer sa complainte. Celui d'aujourd'hui est particulièrement sale. Son visage est couvert d'un sable fin. Son nez, aplati par un poids invisible. Sa peau brune est tachée de sueur, de poussière et de sang. La pâleur du sable lui donne une blackface négative. Dans ses haillons de 1860, il braille un blues anachronique sur le plancher de la cabane de Léandre.

Entre deux tranchées opposées, une personne doit se demander à qui tourner le dos, à qui montrer son visage le plus amical, vers qui courir et de qui s'enfuir. Elle ne doit pas perdre beaucoup de temps à se demander si c'est moral ou si, historiquement, c'est le bon choix. L'instinct de survie doit prendre le dessus. Cette personne doit se préoccuper plutôt de sa mort imminente – peu importe de quel côté celle-ci arrive. L'esprit qui visite Léandre est celui d'un éclaireur pour la Fraternité des Fenians. Eccles Hill aurait été leur porte d'entrée pour le Nord, une première brèche dans l'Empire. Sachant bien qu'une grande partie des Loyalistes ayant investi le coin ne se ressentaient pas plus d'allégeance à la Couronne qu'au chien de leur troisième voisin, il fallait tout de même que les Fenians se méfient des habitants du Piémont-des-Appalaches. C'était l'Amérique, après tout, un homme pouvait bien se foutre d'un roi de l'autre côté de l'Atlantique, mais qu'on ne s'avise pas d'essayer de lui ravir son lopin de terre. Léandre engloutit une dernière lampée de l'infect moonshine puis s'installe pour écouter l'esprit.

– Partout, on parle des Fenians comme d'illuminés qui avaient l'ambition de renverser le régime britannique. J'étais pas aussi dupe pis je soupçonne que, si mes frères Fenians avaient bel et bien mené des raids coordonnés tout le long de la frontière, d'est en ouest, il y en avait pas un pour prétendre qu'une poignée d'Irlandais irrités allaient envahir le Canada. C'est pas dire, non plus, que notre hargne grandissait pas à chaque pied posé plus près du Dominion. Non. Un homme en raid se crinque, il se pompe pour que la nature réelle de l'ennemi arrive jamais à le surprendre.

L'esprit sanglote sur le plancher inégal de la cabane, et Léandre lui tend la flasque. Le Fenian poursuit son récit là où il l'avait laissé lors de sa dernière visite. Il faut le voir maintenant caché dans la souche d'un arbre déraciné, tentant de cerner la position des ennemis aux écharpes rouges, sachant qu'une douzaine d'entre eux se tiennent à vingt-cinq mètres de là où il est, en amont de la colline, de l'autre côté du chemin d'Eccles Hill. À en juger par le lot d'injures qui fusent de partout, ils sont répartis dans le bois à différents endroits et ne semblent pas tellement inquiets de la venue d'envahisseurs – ou, en tout cas, ils semblent combattre leur nervosité en se gavant de beignes torsadés et en se gueulant des obscénités. Impossible, donc, de repérer toutes leurs cachettes. S'ils arrivent à franchir la frontière, les Fenians devront chercher à contourner la colline ou à la gravir par un autre chemin. Un vent constant fait onduler le tapis de fougères et le bruit des feuilles de l'érablière crée de la friture sous le toit verdoyant de la fin de journée.

Au moment où il commence à battre en retraite, dans l'idée d'aller renseigner ses frères, une commotion plus virulente que les autres descend le sentier : les Red Sashes s'adressent en chœur à quelqu'un. Doux Jésus ! C'en est fini ! Ils l'ont vu reculer ! Il agrippe son arme et jurerait être capable d'imprimer pour toujours la ligne de vie de sa main droite sur le bois de la crosse. Il fige, espérant que le fait d'être immobile l'aide à retomber dans l'invisibilité, et tend l'oreille à nouveau. Les voix l'ordonnent de s'identifier. Il hésite. Elles insistent, et l'une d'elles se démarque pour ajouter qu'ils tireront en cas de refus. Il hésite encore, muet.

Après un troisième appel plus impératif des Red Sashes, l'éclaireur de la Fraternité des Fenians aperçoit du coin de l'œil une masse bleu marine suivre nonchalamment le sentier à sa droite. Une femme plutôt âgée traîne deux seaux d'eau en avançant très lentement, à tâtons, nerveuse. Quand un soldat apparaît dans le tournant du chemin, à une vingtaine de mètres, pointant son fusil vers elle et lui ordonnant de s'identifier, elle ne semble pas reconnaître à quel clan il appartient. Alarmée, elle laisse tomber ses seaux dans le chemin de terre.

– Je peux encore voir l'eau se déverser sur les cailloux, emporter les feuilles mortes et les brindilles avec elle. Le cri moribond de la femme résonne encore dans ma tête. Elle se met à dévaler le chemin vers la crique d'où elle provient. Et son hurlement me reste collé aux tympans comme de la mélasse. Après, un gueux des Red Sashes la prend pour un ennemi pis appuie sur la gâchette. La balle traverse la tête de la femme et emporte avec elle un morceau de son crâne. Sous mes yeux, pendant que son cri inonde mes pensées, la pauvre dame s'effondre dans le flot de ses chaudiérées. L'ouverture de son crâne crache des bouts de sa cervelle dans l'impact de la chute. Sa toque, elle, reste intacte comme un casque de poils bien vissé et son visage est proprement glacé.

Le Fenian profite de la confusion pour détaler dans le bois, enjambant les troncs d'arbres, les monticules, les arbustes et les trous dans la terre comme autant de feux et de précipices dans la vallée de la mort. Il n'est pas là pour voir la troupe de Red Sashes horrifiés sangloter comme des gamins devant la dépouille de la femme.

Elle s'appelait Margaret Vincent. Une femme du coin, habitant avec sa sœur tout près de la tannerie, partie chercher de l'eau dans une crique au pied de la colline. Aujourd'hui, cette anecdote est relatée de tout bord, tout côté. À Frelighsburg, on dit qu'elle était enceinte. À Saint-Armand, qu'elle était très âgée. À Bedford, qu'elle était aveugle. Il y en a même parmi les voisins d'Eccles Hill pour dire que c'était une squaw ou encore une domestique noire. L'esprit, lui, se remémore cette histoire telle qu'il l'a vécue, assis en boule sur le plancher de bois, tandis que le sommeil envahit graduellement Léandre. Au matin, quand Pelletier ouvre péniblement les yeux, étourdi par un mal de cheveux atroce, le malheureux a disparu.

Les rideaux d'averses battent les devantures de maisons et de granges au rythme du vent et le rang Dutch est une mer torvisse qu'il faut affronter avec le flegme d'un capitaine. En voiture, le zigzag du chemin se transforme en surf périlleux. À pied, franchir les fossés dont les calvettes ne fournissent pas tient plus de la brasse ou du saut en longueur que de la marche. La rouille sur les réguines dans la cour de la maison d'Ida Goyette se répand à vue d'œil – une expansion fulgurante qui fait s'écailler la peinture verte John Deere au simple contact des gouttes de pluie sur la carrosserie des tracteurs et des autres machines agricoles. L'étang bout et grouille de vie : une journée rêvée pour se bourrer les poches de vers de terre et de cuisses de grenouilles. La pelouse devient spongieuse sous les bottes de caoutchouc des trois enfants et chaque pas y laisse un trou qu'un torrent s'empresse de remplir. D'ici, le bruit d'un morceau de tôle frappant le côté de l'ancienne laiterie retentit comme une cymbale.

Tout irait beaucoup plus vite d'une part si le lac Champlain ne se déversait pas sur leur tête et, d'autre part, si Gervais pouvait pédaler à bicyclette. Il est néanmoins plus calme, plus autonome, depuis qu'il est équipé d'un banjo. C'est son arme devant l'angoisse du quotidien. S'il n'est pas éjarré dessus, endormi comme un veau repu, il en gratte les cordes tantôt timidement tantôt violemment, en déambulant sur la propriété des Huot. Ce matin, il insistait pour sortir, alors que Dorothée se serait bien contentée de regarder *ad vitam aeternam* les *Anges du matin* et *The Price Is Right*, en boule sur le tapis du salon, en-dessous de la table à dîner. Heureusement, Ida Goyette a pu emprunter le parapluie de son père. Elle sort de chez elle avec un sac dans lequel un thermos contient une soupe minestrone bien chaude en pointant le sac de plastique dans la main de Dorothée.

– Ça vient d'où, cette photo-là ?

Avant de faire connaître aux autres l'emplacement de sa nouvelle cache dans la pinède de l'autre côté de l'étang, Gervais leur demande de jurer de tenir ce qu'elles y trouveront dans le plus grand secret. Elles acceptent comme s'il s'agissait d'une formalité, mais il en remet :

– Juré craché ?

La pinède est traversée par un chemin sombre qui, au bout d'une quinzaine de minutes de tracteur cahin-caha, débouche sur un champ complètement isolé du monde, entouré partout par du bois. Là, dans la forêt, le toit de branches est assez dense pour réduire au minimum les effets de la pluie et les nombreux rochers déposés par une main divine offrent assez d'abris naturels si jamais le temps se gâche. Pas étonnant que Gervais ait choisi cet endroit. Là, dans la forêt, une cache correcte les attend.

La traversée du Dutch, cette fois, se fait d'une traite, à la course. Gervais mène la file indienne en tant que petit Grand Chef, tandis qu'Ida tente tant bien que mal de ne pas marcher sur les talons de sa best. En contournant l'étang, ils doivent ralentir la cadence et rester l'un derrière l'autre parce que l'herbe est trop dense et les pas que Gervais risque dans la boue sont juste assez prudents pour éviter un plongeon dans l'eau. Sur le parapluie d'Ida, un barda de percussions empêche d'entendre le convoi de moissonneuses-batteuses de Lebœuf dévaler le Dutch. Il serait tentant de se demander ce qu'ils peuvent bien faire dehors par un temps pareil, mais on se contentera de supposer que la terre a ses raisons que la raison ne connaît point. Au-dessus, les cordes tombent en diagonale et dégoulinent comme des serpents sur les tiges de foin et les feuilles de quenouilles. Dès que le trio atteint les traces de tracteur menant au chemin de la pinède, leur rythme accélère. Sous leurs pieds, des vers s'étirent et saluent la pluie en se nouant l'un à l'autre. Des orgies de vers de terre sous le caoutchouc de semelles de bottes.

Gervais bouge discrètement ses doigts le long du manche de son banjo, à travers le sac en plastique, et le tapage des gouttes de pluie résonne de façon presque mélodique. Par-dessus son épaule, l'instrument déborde du couvert du parapluie dans la flotte et émet clairement, en alternance, trois notes distinctes. Difficile de faire plus syncopé que le battage d'une trombe sur le tambour d'un banjo : Ida et Dorothée ont droit à un blues impromptu.

Leurs premiers pas sur le chemin de la pinède suf-fisent pour les submerger dans une obscurité où seuls les parfums de pin, de lichen et de terre leurs sont vraiment familiers. Si ce n'était du fait qu'il a emprunté, comme sa sœur, ce sentier des dizaines de fois pour aller érocher le champ, Gervais serait sans doute en train de capoter, glacé tout croche dans une flaque. La musique timide de tout à l'heure a chassé ce qu'il pouvait bien rester d'énervant de cette plongée dans les ténèbres.

Dorothée traîne avec elle la photo du Fenian assassiné dans un des raids sur Eccles Hill. C'est Gervais qui l'a trouvée parmi les portraits familiaux, oubliée derrière un cadre. Personne ne sait comment elle est apparue chez eux, mais elle fera une bonne décoration pour la cache. Une sorte d'avertissement pour quiconque osera entrer sans leur permission. En route, Dorothée demande aux autres d'arrêter un instant et leur montre l'autre objet qu'elle a apporté. Dissimulée jusqu'à maintenant dans son imperméable, la machette de son père commençait à lui irriter le flanc.

– Qu'est-ce que tu vas faire avec ça ?

– Plein d'affaires. Avec ça, tu peux tailler des sentiers, couper des petits arbres, faire peur aux coyotes.

Le mot semble lui être sorti de la bouche tout seul. Aussitôt, Ida se tourne vers Gervais, qui ne réagit pas trop. Les gouttes de pluie battant de nouveau sur le tambour de son banjo à deux pouces de son oreille l'ont peut-être empêché de bien entendre. Ida soutient le regard de sa best sans faiblir, puis reprend la marche. Des branches de pins recouvrent par endroits le sentier, créant une suite de tunnels naturels sous lesquels presque aucune goutte ne les atteint. Ces bouts-là alternent avec des passages plus ouverts qui, eux, exposent les explorateurs aux averses. Ils avancent en silence quelques instants, et la voix de Gervais déborde à peine du bruit de l'eau sur le parapluie.

– De toute manière, les coyotes, ils ont peur des banjos.

Depuis l'épisode du colosse, Euchariste se retranche dans les sentiers et on ne le voit plus aussi souvent. Lui qui passe habituellement boire un coup chez Léandre Pelletier en revenant de son shack à moonshine sur le chemin du Diable semble s'être arrangé pour déléguer sa fiancée Ruth Gariépy. Elle fait l'échange bimensuel des ouvriers agricoles américains au bout du chemin d'Eccles Hill et elle dépose parfois même Gervais chez Pelletier pour ses cours de banjo.

Le long du rang Dutch, des gens louches se faufilent entre les fossés nattés verts d'œufs de grenouilles, les quenouilles et les queues de loup. Ils préfèrent souvent les sentiers de motocross aux chemins pavés. Là, d'ailleurs, existe un monde parallèle aussi vieux que la frontière : celui de la contrebande. En dehors des routes répertoriées, dans les à-plats beiges ou verdâtres des cartes touristiques, un réseau complexe de trafic de marchandise foisonne. Loin derrière les bungalows et les granges des honnêtes gens, une cartographie orale prolifère, des vieux chemins creusent le sol de la région et de nouveaux sentiers sont battus chaque semaine.

Des épaules recourbées, un regard fuyant et des gestes secs ont tendance à parler plus que n'importe quel aveu à mots couverts entre deux trucks ou deux rangées de maïs, et le bum qui complote le dit sans le dire. On ne pourrait pas le voir errer dans les rangs en plein jour, son corps trahirait un plan diabolique. Voilà sans doute pourquoi Euchariste se fait timide.

La rumeur, elle, est tout sauf discrète. Surtout en ce qui a trait aux agissements d'un bum régional. Ces temps-ci, elle plane à hauteur d'oreilles sans s'essouffler, au-dessus des champs et des cours d'eau. Elle s'immisce dans le tissu des chemises de jeans et de flanelle, elle trouve les faiblesses dans l'isolation des châssis de maison et gueule ses récits. Elle se répand comme un gaz et contamine le discours des citoyens de Saint-Armand, de Bedford, de Pigeon Hill et même de Frelighsburg.

E ntre le chemin et le bois, à droite, dorment comme de vieux amants amers et distants deux carcasses de machinerie agricole d'antan. La pluie diminue graduelle- ment et le temps est de plus en plus clair. Les enfants semblent assez avancés pour commencer à s'enfoncer dans le bois – du moins, la confiance avec laquelle Gervais pique vers la droite confirme qu'il sait où il s'en va. Pour les autres, les épaves serviront de symboles et signaleront l'entrée du sentier à battre.

Ici, le sol de la forêt est recouvert d'un tapis d'aiguilles qui rend la terre trop acide pour la végétation. Quelques pas dans la pinède amènent déjà les enfants devant les deux monstres de rouille. La couleur du semoir a beau s'harmoniser parfaitement avec celle des aiguilles mortes au sol, sa présence détonne quand même. On sait bien que le bois, c'est là où vont les machines pour mourir, mais leur présence ne donne pas moins le vertige. Dorothée rappelle aux autres la fois où la horde d'enfants du Dutch a trouvé les ruines d'une fondation de maison dans le bos- quet derrière le champ des Goyette : les arbres matures qui poussent à même ce qui devait être, jadis, des espaces habités, ne peuvent que provoquer un malaise. La nature paraît beaucoup plus pressée de survivre que les choses fabriquées par l'homme. Armée d'un bâton, Ida frappe les dents de la tondeuse et crée un bruit sourd. Gervais, lui, profite de l'arrivée du beau temps pour déballer son banjo et gratter quelques notes. Ici, le pincement des cordes s'agence naturellement avec le décor. Le bruit des coups de bâton sur la tondeuse semble jouer dans le même registre. Les fardoches au bout des clés de l'instrument auraient pu pousser au sol. Des queues de violons orangées.

Avant de poursuivre leur route, Gervais indique une borne qui constituera leur prochaine destination et, pour la première fois, sa sœur s'arrête et le regarde.

– Quand est-ce que t'es venu ici ?

Gervais ignore la question de sa sœur. Ils choisissent de procéder de la sorte : jusqu'à ce qu'ils trouvent l'emplacement de la cache, chaque avancée dans ce parcours se fera selon une nouvelle borne à atteindre. Dorothée replace la machette sur son flanc, la glissant entre sa ceinture et ses culottes à la manière d'un pirate, et sort de sa poche un cahier et un crayon pour consigner, dans l'ordre, les différentes étapes du sentier, en cours de route.

1) Deux carcasses de machinerie agricole se font face à droite du chemin de tracteur. C'est l'entrée du sentier. L'un est un semoir, l'autre une tondeuse dont les dents sonnent comme un xylophone du trépas. Gervais les baptise les Carcasses. Il prend une pause et observe tout autour, comme à la recherche d'un signe.

2) Vingt mètres plus loin, un tronc à l'horizontale entre deux autres arbres droits forme un chambranle dans lequel Gervais dirige les siens. Ils entrent sans sonner. Ida arrache un tapis de mousse sur le flanc d'une roche et fait la blague de s'y essuyer les pieds avant de traverser. Gervais déclare que ce sera désormais la norme, tous s'essuieront les pieds sur le tapis sous le Cadre de porte.

Le rituel donnera un sens à ces étapes. Il les fera déborder du simple exercice de localisation, du vulgaire itinéraire. Une cache n'est pas une cache ou un campe n'est pas un campe sans son lot de procédures, de règles et de cérémonies.

3) Gervais pointe ensuite une pile de roches à peu près de sa hauteur à environ vingt mètres du Cadre de porte. D'ici, trois grosses cavités apparaissent entre les roches : deux yeux et une bouche. Il le nomme le Fantôme et les enfants essaient de compter leurs pas pour s'y rendre. Dorothée arrive la première, avec cinquante-trois pas. Gervais est deuxième et dit qu'il en a compté dix-huit, ce qui est impossible. Ida, en bonne dernière, croit avoir fait entre soixante-huit et soixante-treize pas, mais ce n'est pas clair parce qu'elle s'est arrêtée pour détacher son manteau et, ce faisant, elle a dû déposer d'abord son sac contenant son thermos de soupe minestrone et, ensuite, le parapluie de son père. La manœuvre lui aurait fait oublier le nombre de pas qu'elle avait franchis jusque-là. Ils décident alors que l'idée de compter les pas devait bien fonctionner avec les pirates mais qu'avec des enfants du Dutch, les simples bornes devront suffire.

4) À partir du Fantôme, un affaissement dans le sol fait naître une pente se terminant avec un muret de pierres. Là devaient se dresser les limites d'une terre ancestrale où les paysans d'un autre temps déposaient les roches arrachées de leurs champs. Le muret n'est pas très long, alors Gervais s'y rend sans vraiment indiquer de destination précise. Par contre, tout juste de l'autre côté, un réseau dense de fils barbelés rouillés et de ferraille – des vieilles cannettes de Pepsi, des pots de peinture, des boîtes de conserve, le tout emmêlé dans d'épais cordages, et des amas d'aiguilles de pin et de terre souillée par la poussière oxydée – font se superposer les époques. Gervais s'empare d'une cannette et, en la tirant du chiard, réveille des colonies de mille-pattes et de cloportes. Une eau boueuse orangée coule du goulot, en plus de quelques cailloux et de morceaux de fer orangés. Dorothée regarde son frère placer l'objet bien droit sur le muret et le désigner comme quatrième borne : la Cannette sur le muret.

5) Dans cette partie creuse de la pinède, les branches sont très hautes et donnent l'impression de n'être entouré que de poteaux. Le trio marche en ligne droite, suivant grossièrement sa trajectoire précédente, jusqu'à ce qu'il arrive à un trou dans le sol assez large pour y entrer deux à la fois. Des racines traversent l'ouverture de bord en bord et la pluie récente a laissé quelques coulisses de garnottes et de boue. Personne n'ose y jeter un coup d'œil parce qu'on n'en voit pas le fond et que ça pourrait très bien être le terrier d'un coyote ou d'un renard. À cette seule pensée, Gervais est pris d'un relent de fureur et se met à gratter hâtivement son banjo en répétant un refrain dans sa meilleure imitation de Léandre Pelletier.

– Please, dégage, incarnation du yâb'. Please, please, dégage. C'est pas qu'on t'aime pas, c'est qu'on veut pas te voir. Please, dégage. Please, please, dégage.

Ida et Dorothée chantent avec lui. Cette dernière pose son carnet et s'empare de la machette pour couper les branches qu'elle arrive à atteindre sur les arbres environnants. Elle en donne la moitié à Ida et, tout en chantant, elles les plantent en rond autour du trou. Ce sera la clôture qui empêchera les enfants du Dutch de mettre le pied dans la Bouche du coyote. Avant d'aller leur petit bonhomme de chemin, Dorothée se désole tout haut de ne pas avoir amené de lampe de poche pour voir ce qui se cache dans le trou.

6) D'où ils se tiennent, ils peuvent deviner une clairière au loin. Sa lumière les atteint à peine dans l'ombre des pins, mais ils la sentent tout de même chaude et bonne. Plus près à droite, la pointe d'un petit plateau s'étend et meurt. Là, sous la butte, un gros roc se dresse comme une muraille naturelle autour de laquelle d'autres plus petits rochers sont éparpillés. Déjà, on imagine les bâches s'étirer au-dessus et un fanion se faire aller. Aux lèvres de la Bouche du coyote, la possibilité d'une cache plus que correcte devient réelle.

Gervais pique alors une course vers le roc et cherche quelque chose. Il tourne en rond et contourne les rochers, puis le plateau. Il revient sur ses pas, regarde au loin à gauche, à droite, examine le sol de la pinède. D'instinct, les filles l'imitent. Des conserves vides de Chef Boyardee et de Beefaroni ainsi que des bouteilles d'eau en plastique jonchent le sol près de la paroi du roc. Dorothée s'étonne de leur aspect neuf, ces objets ont été utilisés récemment. À côté, il y a une vieille bâche tachée de boue, d'huile et de rouille ou de sang. Ida est la première à s'impatienter.

– Qu'est-ce qu'on cherche, au juste?

– Il était là, l'autre jour. Je voulais vous le montrer. Pis aujourd'hui, il est plus là.

– Quoi ça?

Le petit Huot perd pied et tombe sur les fesses. Ses paupières se font lourdes et les muscles de son cou se relâchent. Quand ses secousses le ramènent parmi les vivants, Gervais serre son banjo près de son corps et joue quelques notes avant de prendre la parole.

– Si vous pensez que j'avais peur de lui, vous vous trompez sur toute la ligne.

Une peur accompagne la rumeur comme un arrière-goût amer. Les Renégats, leur fantôme ou leur écho sévissent à nouveau et ça crée un lot d'angoisses dont la plupart des anciens du coin pourraient très bien se passer. C'est cette peur qui paralyse Léo Swanson, à deux heures du matin. Il pense au vol de viande chez les Létourneau, une semaine plus tôt. Derrière sa fenêtre de chambre, de l'autre côté de la cour de gravier et passé quelques mètres de pelouse à moitié tondue, son Cub Cadet flambant neuf qu'il n'a utilisé que trois fois monte lentement sur deux madriers accotés contre le pick-up de deux bums anonymes.

Voilà plus d'une semaine que les Verts sont venus chez lui récupérer le colosse pour ensuite prendre le clos à Stanbridge East. Voilà autant de jours que le sommeil de Léo est troublé par l'apparition, en songe, du fugitif ensanglanté. Avant d'être tiré de son sommeil par le bruit du moteur, il rêvait encore à ça. Le ronronnement distinct lui a alors rappelé qu'il avait laissé l'engin sorti, la veille, en plein milieu de son terrain.

C'est qu'un souper se préparait. Normalement, il ignore les appels de sa femme et termine son ouvrage avant de rentrer manger. Mais le couple attendait de la parenté, ce soir-là, et on ne reçoit pas quelqu'un à Saint-Armand avec des mains et un visage crasseux empestant l'essence, la sueur et la pelouse, surtout pas si la visite vient de Granby. « Une ville de divorcés », se sont répété les Swanson, en se croisant dans la salle de bains pour se laver et se grimer chacun de son côté. Ça ne se fait pas, accueillir en guenilles et en haillons une sœur aînée et son nouvel ami de cœur, pas plus que s'excuser de table, à la tombée du jour, pour aller rentrer sa machine. Un couple de Saint-Armand, ou de n'importe où ailleurs que Granby, se doit de faire preuve de la plus grande proximité et de la meilleure santé devant un couple de Granbyens divorcés. Il doit multiplier les urbanités et tenir le fort devant les dépravés. Léo a donc laissé son tracteur dormir dehors et se retrouve, la nuit même, à embuer son châssis de chambre pendant l'appropriation de son bijou, de peur de rencontrer, s'il devait intervenir, celui qui hante ses cauchemars depuis une semaine.

Les deux bums affairés à la tâche, eux, ne se soucient pas trop du bruit du moteur dans la nuit. Une manœuvre habile place le camion dans le bon angle pour faire monter la machine, une tailgate s'ouvre et deux madriers sont expulsés de la boîte comme deux bras canadiens pendant que le Cub Cadet avance déjà vers le bord du chemin. En un tournemain, le tracteur est sous une bâche, dans le camion, et nos bums remontent le son de leur Lynyrd Skynyrd et pulvérisent le silence du Dutch avant de s'enfoncer dans un chemin privé. Léo Swanson reste une bonne demi-heure debout devant sa fenêtre de chambre, en pyjama.

Le lendemain, avec une moitié de gazon plus courte que l'autre et un tracteur en moins, il signale le vol aux Verts. Ils promettent d'envoyer un agent avant la fin de la semaine, prétextant un retard accumulé dans leurs dossiers depuis la disparition du colosse.

L es cigales dans le bout du rang Dutch ne se font pas attendre très longtemps, même après une aussi grande averse. Sous la pluie, Ida suait sa vie à suivre les Huot dans le sentier de la pinède. Eux, ils restaient froids comme des couleuvres, emmitouflés dans leur imperméable. Quand la pluie cesse, elle s'empresse de se défaire d'une pelure, même si la chaleur n'a pas vraiment chuté avec le niveau d'humidité. Au son des cigales, ici, dans l'ombre des arbres, près de la nouvelle cache entourée de morceaux de fer- railles, de repaires de coyotes et de rochers difformes, Ida doit se défaire d'une épaisseur supplémentaire en atta- chant sa chemise autour de sa taille. De la marde si les bibittes la dévorent ! En camisole, elle se répète ce que sa mère dit au sujet des Goyette en général, comme quoi ils sont des Latins : leur sang bout à rien.

Tandis que sa best tente de consoler son petit frère qui vient de tomber en crise de tristesse, Ida se porte volon- taire pour tout ce qui touche la recherche de l'emplace- ment d'une bécosse. L'autre versant de la butte constitue un bon point de départ. La forêt y est plus mixte et clairse- mée : des érables se mêlent aux pins et on y voit mieux le ciel. En remontant le long de la masse, un petit repli dans le roc lui fait de l'œil. Voilà leur John-on-the-spot. Un racoin entre la butte et un obélisque planté dans le sol à la verticale comme une canine couverte de lichen noirci. Ida se sert d'un bâton pour creuser un trou. Puis, elle trouve une branche touffue d'aiguilles que les campeurs placeront par-dessus leur besogne, question de ne pas trop attirer la vermine ou les chiens errant. Enfin, elle décide d'inaugurer le nouveau petit coin en pissant dedans.

Une odeur la frappe tandis qu'elle remonte ses culottes. Jusqu'à maintenant, la pinède avait senti le pin, les champignons, le renfermé et la bouette. Rien de plus normal. Mais un coup de vent, de ce côté-ci de la butte, envahit l'espace d'une odeur de charogne, comme un gaz chaud et sulfureux. Un mélange d'épices se rapprochant du parfum de la mouffette. Les feuilles des rares érables en lutte pour la lumière de ce côté-ci de la butte tremblent et font un bruit sec de cuisson. Ida recouvre la bécosse et n'essaie pas de faire le tour du rocher, choisissant plutôt de grimper dessus pour avertir les autres de l'odeur de mouffette morte des alentours.

– Ça sent la mort, de l'autre bord.

Ils ne lui répondent pas. Dorothée est accroupie devant son frère. Il reprend peu à peu ses esprits, émerge puis replonge dans les vapes quand sa sœur le questionne avec plus d'insistance.

– Qui c'est qui a mangé ici, Gervais? C'était quoi, ta surprise?

En voyant bien qu'elle le perturbe plus que d'autre chose, Dorothée le laisse tranquille et commence à frapper une grosse bûche avec sa machette pour en faire un banc. Quelques instants plus tard, alors qu'Ida scrute encore l'horizon en respirant par la bouche, perchée sur le rocher, Gervais entonne une ballade country méconnaissable, effoiré derrière sa sœur dans un petit trou de terre et d'aiguilles. Son jeu croche et sa voix cassée de coyote ne font rien pour adoucir le malaise.

– J'ai beau bûcher pis me débattre avec de l'allant, je sortirai jamais de ce monde-là vivant.

À droite, du haut du roc, la clairière illumine l'horizon : la lumière apparaît sous le toit de branches de pin comme le soleil de fin de journée à travers deux grandes portes au fond d'une grange. Là-bas, les arbres cèdent la place à ce qui ressemble à un amas de framboisiers ou de pissenlits géants, d'un vert vif, valsant sous le soleil. Les cigales gueulent dans le vent. Ida descend de son piédestal et suit l'odeur en remontant le courant des bourrasques comme si c'étaient des rapides et qu'elle-même était le canot d'un coureur des bois. Plus elle approche, évidemment, plus les vagues s'intensifient et plus la nausée lui prend la gorge. À l'orée du bois, la lumière irradie et Ida se sert de sa chemise pour couvrir son nez et sa bouche.

La verdure est fluorescente et ses fruits ne ressemblent pas du tout à des framboises. Des cocottes sur des gros plants en forme de sapins de Noël pointent le ciel. Ils pointent, en fait, une flopée d'urubus patrouillant les courants d'air directement au-dessus de la clairière. Ida ne va pas plus loin. Une bête a crevé entre les branches de ces ronces spéciales, et ce n'est pas Ida qui va la découvrir. Elle fait demi-tour et ne perd pas de temps.

En pleine course, elle sent une douleur vive à son bras gauche après l'avoir râpé sur un tronc de pin et, au lieu de s'arrêter, n'y voit qu'une raison de plus pour déguerpir. À son arrivée à la nouvelle cache, Dorothée et Gervais sont assis sur des bancs à moitié gossés et s'échangent le couvercle du thermos de soupe minestrone. Contre la paroi lisse du flanc de la colline, Gervais a posé son banjo et a collé, juste au-dessus, la photographie sur laquelle le Fenian mort renifle de la poussière dans les tons sépia d'une Eccles Hill d'antan. Dorothée montre sa best du doigt.

– Tu pisses le sang.

Sous une couche gluante de sève, elle a été coupée au bras – une coupure tellement nette qu'on croirait qu'elle a été faite au couteau. Elle saigne profusément. Dorothée tente de parler, ses mots s'arrêtent en plein vol à cause du cri constant des cigales qui achève presque de percer les tympans des enfants.

Gervais, lui, s'endort une bonne fois pour toutes.

L a nuit du vol du Cub Cadet de Léo Swanson, l'esprit des Renégats hante une autre propriété dans le coin de Pigeon Hill. Le Malin se paie la traite et plus d'un citoyen prétendra qu'une cabane à moonshine dans un croche du chemin du Diable vient de se dénicher de nouveaux trésors à entasser ou à faire disparaître.

Hervé Monette, lui, soupçonne plutôt le colosse de rôder dans la région et de semer la terreur. Ce matin, Monette a perdu un coffre à outils qu'il avait l'habitude de laisser dans la boîte de son truck. Alors qu'il s'apprête à quitter sa ferme pour aller faire des commissions, il constate que du sang tache une aile du camion. Il commence par contourner le véhicule puis il se couche à plat ventre et regarde sous le pick-up. Par là, de l'autre côté, deux mottes de poil grisâtre gisent, leurs pelages ondulant dans la brise de Pigeon Hill. Monette ne peut retenir ses larmes en trouvant ses chiens couchés au milieu du demi-cercle de terre battue délimité par la longueur de leurs cordes respectives. Deux huskies qu'il avait nommés Hank et Snow, en l'honneur du chanteur country de ce nom. Ce matin, le Ranger yodlant repose les yeux éteints au bout de deux chaînes dans le gravier. C'est en maudissant d'un seul élan le ciel, l'enfer et le merdier entre les deux que le maître défait la chaîne au cou des carcasses. Il se dit tout haut que les jappements doivent avoir gêné le colosse durant son méfait.

On approche midi quand Monette finit de creuser la tombe de Hank et commence celle de Snow, derrière la grange, près d'une montagne de purin. Il faut espérer être chanceux et prier pour ne pas tomber sur la dépouille d'un ancien compagnon : dans le cimetière maison, les tombes n'en finissent plus de se chevaucher. Le sol de la région en profite pour engloutir un nouveau paquet d'os et se gréer en calcium et en nutriments.

Puis, Euchariste débarque en trombe chez son chum. D'un seul élan, la portière ouverte, il lève le bras de vitesse de son Dakota et saute en bas au pas de course. Il ne prend pas la peine de couper le moteur, laissant les guitares gutturales d'AC/DC planer dans le paysage de Pigeon Hill. Le nuage de poussière soulevé par son arrivée se dissipe juste à temps pour voir son ami remblayer une pelletée finale sur la tombe de Snow. La mine basse, Hervé accueille son ami en lui tendant un bidon d'huile recyclé en flasque de moonshine.

– Pourquoi tuer un chien? C'est juste ça que je me demande, moi.

Avant de répondre, Euchariste tire une longue gorgée d'alcool. Ça lui donne une toux monstrueuse. Les mouches autour du tas de purin ne tardent pas à s'approcher des bums. Euchariste reprend son souffle puis se tourne vers Hervé.

– Tu vas me dire que c'est pas le meilleur moment pour faire une joke de chien, mais il y en a une qu'Eugene répète souvent qui fitte avec ta question. Moi, des pirates, j'en connais zéro pis une barre. Je saurais pas reconnaître un gars de la mafia s'il me pissait dessus. Les motards que je fréquente conduisent juste des motocross pis ils vont encore à école. Sauf qu'il me semble que, la plupart du temps, le crime doit tomber sur tout ce beau monde-là comme la pluie sur le lac Champlain. Parce qu'au fond, si tu y penses deux minutes, tout ce que le lac fait, c'est attendre qu'elle lui tombe dessus, l'hostie de tabarnac de pluie ! Ou ben que le vent lui retrousse la couenne. Tout ce qu'il faut au bum, c'est être disponible ou à l'écoute. Je veux dire que lé monde honnête – à commencer par les citoyens de Saint-Armand, de Pigeon Hill, de Bedford, de Frelighsburg, de Philipsburg, de Stanbridge East, de Dunham, jusqu'à ceux de Cowansville, de Sutton, d'Abercorn, de Farhnam, de Stanbridge Station, de Mystic, d'Adamsville, d'East Farnham et peut-être même ceux de Venise-en-Québec les jours de semaine – le monde correct, honnête, est généralement pas à l'écoute des cris que le crime gueule au hasard comme des garnottes lancées au sling-shot sur les nuages de mouches à feu.

Sur le chemin de Saint-Armand, le hameau de Pigeon Hill semble désormais faire la sieste. La cassette d'AC/DC est terminée. À l'exception du bruit fait par le passage occasionnel de tracteurs et de moissonneuses-batteuses, de voitures et de pelotons de cyclistes plus ou moins bavards, la campagne est bercée par le froissement des feuilles, par le meuglement des vaches et par le toussotement rauque des bums avalant leurs gorgées de moonshine.

– Je te donne un exemple : la plupart du monde passe son chemin devant une fenêtre de Buick laissée à moitié baissée dans le stationnement du Métro Plouffe. Les gentils vont peut-être aller jusqu'à la remonter. Le monde ordinaire laisse le monde ordinaire s'arranger avec ses troubles. Les moins fins, eux, vont entendre l'appel du crime – ils vont recevoir la garnotte du crime sur la tête et la relancer en direction du crime. S'il y a de quoi, les moins fins font rien que ça, attendre la garnotte. Ça fait que, mon chum Eugene, quand il est pas lui-même occupé à recevoir son lot de garnottes, passe son temps à répéter la même blague au sujet des chiens qui répond à ta question, me semble. Il commence par te demander pourquoi tu penses que les chiens se lichent le trou de cul.

Hervé fixe son ami dans les yeux. Les siens sont plissés, interrogatifs, en attente d'un dénouement. S'ils sont pleins d'eau, on se gardera de soupçonner un sursaut d'émotion : le bum ordinaire mesure habituellement la force de son moonshine à sa capacité à le faire pleurer.

– La réponse est ben simple : c'est parce qu'ils peuvent.

La canicule sur le rang Dutch vient souvent chauffer l'eau de l'étang et les grenouilles et ouaouarons en ressortent gonflés et durcis et l'asphalte sue souvent jusqu'à ramollir et laisser s'échapper de ses pores des vapeurs de goudron qui frisent les poils de jambe. Il arrive même à la rangée de cèdres qui sépare le terrain des Huot de celui des Goyette de fumer et de cracher des nuages d'oiseaux dont les ailes seraient à un degré de fondre. Si ce n'était du vent – ce même vent qui a chassé du ciel les orages du matin – et de la pluie, la traversée se serait faite à la nage dans l'air dense et humide. Plutôt, les pas de géant d'Ida et de Dorothée les transportent au-dessus des flaques et des marais de bouette. Elles sortent de la pinède en furie et chaque foulée est un séisme qui fait vibrer les cathédrales de conifères derrière elles. De la boîte aux lettres dégouline un sac de plastique transparent à travers duquel on peut lire les grands titres du *Flux régional*. Les caractères gras ondulent dans la condensation mais le message ne saurait être plus clair : « LA SURETÉ DU QUÉBEC PERD ESPOIR ».

Un cycliste d'un certain âge, la fale basse, s'est arrêté dans le tournant du rang, devant l'entrée de cour, pour réparer une crevaison. Ses jambes flottent dans un cuissard noir usé à la corde et la sueur perle sur l'arête de son casque et sur la monture de ses lunettes. Les rides sur son visage se dilatent et se contractent comme des plaques tectoniques au rythme de ses jurons. Il est mouillé à lavette et semble avoir abandonné la réparation du pneu depuis un moment, accroupi comme une gargouille en équilibre sur la pointe de ses pieds, devant sa bécane, dans le gravier de l'accotement, où les stries des pneus de moissonneuses-batteuses ont créé de petits réservoirs d'eau de pluie. Il cesse de sacrer en voyant arriver les filles et ses yeux s'agrandissent quand il remarque l'épaule sanguinolente d'Ida. Pour détourner son attention, elle lui adresse la parole en premier.

– C'est un drôle de temps pour faire du vélo.

Il sourit puis prend un air plus inquiet en pointant son épaule. Son doigt noir et crasseux tremble, comme ébranlé par l'onde de choc des pas des enfants, par le hurlement des cigales ou par le temps qui se réchauffe, et personne ne comprend ce qu'il dit. De toute façon, l'urgence du moment coupe court à toute forme de jasette. Les filles laissent la gargouille veiller sur les grenouilles et les quenouilles du bord du chemin.

La maison semble vide et Dorothée doit grimper dans le pick-up de son père pour activer la commande à distance qui ouvrira la grande porte du garage par laquelle elle sort un diable. Elle récupère aussi quelques courroies dans le débarras, au fond. Ida, elle, se dirige tout de suite vers sa maison. Son amie lui demande d'ameuter de nouveau les petits counes du coin, de leur donner les indications pour la nouvelle cache en plus d'instructions supplémentaires sur ce qu'ils devraient apporter pour leur rendez-vous.

– Où est-ce que tu t'en vas avec ça, toi?

Euchariste surgit du côté extérieur du garage alors que Dorothée glisse sous la porte, poussant le diable devant elle. Il porte un t-shirt Budweiser taché de marques brunâtres ressemblant plus à du sang caillé qu'à des éclats de bouse de vache. Comme toujours, sa coiffure lui donne l'air d'avoir dormi dans le fossé, ou de ne pas avoir dormi du tout, et les plaies qui cicatrisent lentement sur son visage n'aident aucunement son allure. Dorothée pourrait raconter un mensonge pour qu'il la laisse aller en paix, mais l'urgence de la situation la pousse plutôt à décrire à son frère ce qu'elles ont vu là-bas, au fond de la pinède, dans la clairière, sous le regard vicieux des urubus.

– Il est trop lourd pour qu'on remonte le sentier en le traînant par les pieds ou par les bras. De toute manière, j'aurais peur de lui faire des bleus. En plus, Ida s'est coupée sur une lame de rasoir plantée dans l'écorce d'un arbre.

Euchariste prend un air grave et ordonne à sa sœur d'embarquer dans la boîte du pick-up de leur père après l'avoir aidée à y déposer le diable et les courroies. Elle doit se tenir très fort dans le fond pour ne pas être barouettée comme les bidons d'huile vides qui traînent quand le pick-up décolle. La garnotte blanche est lancée sur le perron de l'entrée de la maison, et la mère Huot maudit déjà son aîné, par la fenêtre du salon. Deux traces de chire traversent la cour comme des coups de griffes. Le cycliste est encore là quand ils s'engagent dans le sentier de tracteur. Il semble maintenant plus décidé à réparer sa crevaison. Les pneus du pick-up soulèvent un voyage de boue et de roches, mais l'homme ne perd pas une once de concentration.

Sur le chemin cahoteux, Dorothée se lève derrière la cabine et inspecte le chemin. Le rock de Black Sabbath éructe des châssis mais ne réussit pas à enterrer complètement le chant des cigales. Au lieu, elles accompagnent la musique comme un orchestre de cornemuses inquiétantes. Dorothée tape de toutes ses forces sur le toit de l'habitacle pour signaler à son frère l'arrivée prochaine des Carcasses. Il n'arrête pourtant pas, lui crie d'arrêter ça et choisit plutôt de s'enfoncer plus creux dans le sentier de tracteur. Dorothée semble être la seule de la famille à ne pas connaître ces chemins obscurs comme le fond de sa poche.

Au bout d'une longue ligne droite émerge un point de lumière de plus en plus intense : c'est le champ de maïs. Ici, la pinède se transforme rapidement en érablière. Le chemin boueux est maintenant traversé de langues de roc faisant tanguer le pick-up d'un côté puis de l'autre à la manière d'une chaloupe dans le lac Champlain, jusqu'à ce qu'il atteigne enfin la sortie du tunnel. Dans la clarté aveuglante du champ, Dorothée ne peut que plisser les yeux et baisser la tête. Le rock se propage dans l'étendue verte, bondissant entre les plis du corduroy géant. Une douzaine de corneilles prennent leur envol en entendant la guitare distordue. Le long du champ, à droite, s'étire une sorte de chemin de service au bout duquel un tronc d'arbre mort sert de barrière pour empêcher les véhicules de pénétrer dans les bois. C'est vers cet endroit qu'Euchariste dirige le pick-up. Arrivé devant le tronc, il débarque du camion et regarde sa sœur.

– Viens chauffer pendant que je lève le tronc.

Après avoir conduit l'engin au-delà de la barrière naturelle, Dorothée reprend son poste dans la boîte. Des détours entre les rocs et les arbres dans un chemin beaucoup moins balisé les mènent à la clairière. De ce côté-ci, parmi les plants verdoyants, des pierres se tiennent bien droites et sont réparties de façon plus ou moins régulière, penchant de tous côtés au gré des affaissements du sol. Dorothée débarque enfin de la boîte et s'agenouille auprès d'une d'entre elles : du lichen en recouvre la surface, mais on peut y lire des lettres et des chiffres. Elle commence à les gratter quand Euchariste lui fait signe de venir l'aider. Les urubus se sont échappés d'entre les pierres et les plants en entendant le chiard furieux de Led Zeppelin pour se percher aux branches d'arbres environnants et scèner les gestes des Huot.

La verdure irradie la clairière et le timbre constant des insectes et de la guitare en feedback, avec les odeurs discordantes de putréfaction, de mouffette, de bois humide et d'humus, s'amplifient jusqu'à fusionner en un seul vent sensoriel ininterrompu – une bourrasque perpétuelle de *tout*. Dorothée se dit alors que c'est exactement ici le cœur de la Terre. À cet endroit précis, entre les pierres tombales anonymes, les cocottes résineuses et des centaines de niques à guêpes, émanent toutes les puissances du monde. Jusqu'ici, à travers strate après strate de matière et de courants d'air, se déversent les maux et les remords du temps. Le noyau des forces de la vie se trouve dans un croche du rang Dutch, près des lignes et du lac Champlain; bordé par les cours, les jardins et les bâtisses ancestrales des citoyens bienveillants de Saint-Armand et du canton de Bedford.

À fixer trop longtemps le noyau des ténèbres, Gervais s'est vu gréé d'une aura radioactive quand, enfin, on le désaccote de son arbre, à l'orée du bois, de l'autre bord de la clairière. Il n'est pas moins figé qu'il ne l'était quand Ida et Dorothée l'ont laissé là, tout à l'heure. Au contraire, il s'est raidi. Sur ses pantalons et autour de lui, des fientes purulentes laissent croire que les urubus ont été tentés par cette carcasse-là aussi. Sans doute ne puait-il pas assez pour qu'ils s'essaient à le mordiller. Pendant que sa sœur s'occupe d'installer son petit frère bien droit sur le diable et de fixer comme il faut les courroies autour de ses jambes et de son torse, Euchariste a déjà étendu le cadavre du colosse dans la boîte du pick-up.

Elle s'assoit sur la portière ouverte de la boîte, laissant ses pieds pendre au-dessus du sentier et tirant le diable de reculons du mieux qu'elle le peut tandis qu'Euchariste conduit lentement. Cette fois, il éteint la musique. Les bottes usées du colosse frappent Dorothée sur le flanc au moindre mouvement du camion. Elle entend à peine Gervais marmonner. Sa tête tombe par à-coups tellement son tonus l'abandonne et il n'arrive pas à lever la main très haut, mais sa sœur sait bien qu'il essaie de pointer sa nouvelle cache en bordure du noyau.

– J'ai oublié le banjo.

C'est près des frontières, dans les zones limitrophes, que les passions vibrent le plus fort, que les chœurs de cigales sont les plus bruyants. Les Renégats ne sont finalement qu'un mot. Des cadres vides que les citoyens de Saint-Armand et de partout autour remplissent perpétuellement d'une image des bandits, des malfrats, des violents, des fugitifs, des méchants du moment. La frontière, elle, cristallise la figure, lui donne une importance historique et peut-être même politique. Tout le monde sait que la frontière obsédait la nation américaine, dans l'Ouest, avant que l'historien n'en annonce la fermeture ou la disparition au tournant du XXe siècle. Elle définissait la grandeur et l'esprit américains. Elle alimentait à la fois le folklore et l'innovation technologique du pays. Le non-lieu des territoires amérindiens subitement investis par la loi et l'ordre à l'arrivée des télégraphes, du train, du gouvernement, de l'argent; tout ça a toujours été une question de lignes à tracer dans le sol et à constamment repousser plus loin. Et, toujours, l'idée de se réinventer, de renaître dans un ailleurs à défricher et à délimiter. Ce doit être la même idée de frontière, ici, qui rend les vieux fébriles quand survient un crime plus ou moins louche, plus ou moins annonciateur.

La cabane de Léandre Pelletier, avec vue sur les États, devient trop souvent la scène d'un théâtre foisonnant, de soirées du conte irréelles où viennent se délivrer Loyalistes et Patriotes, gangsters et esclaves affranchis, soûlons et tempérants, bonshommes et bonnes femmes. Ici même à Saint-Armand, la guerre de Sécession, la Guerre civile, les années folles (ou sombres, c'est selon) de la prohibition – autant de raisons pour couvrir de plomb le sol d'une région – ont mis tour à tour à l'épreuve le concept de frontière. Si ce ne sont pas les Fenians, ce sont les Patriotes qui désignent Saint-Armand, en 1837, comme brèche pour rentrer chez eux, après avoir été chassés vers le sud. Il faut entendre le fantôme d'un des leurs se morfondre du sort de sa femme et de ses enfants, le trou dans sa poitrine encore fumant, et maudire les forces de l'Empire en crachant du sang sur les planches du balcon de Léandre.

Sa visiteuse préférée, cependant, demeure Queen Lil, self-made woman par excellence, veuve d'un pilleur de tombes. Encore aujourd'hui, les tissus flamboyants de ses vêtements et de ses chapeaux à rubans restaurent toute sa dignité à la propriétaire du Palace of Sin, entre Abbott's Corner et Richford. Elle révèle à Léandre ses secrets au sujets des maisons closes – comme quoi mieux se portent les bonnes femmes de la tempérance, mieux vont les affaires – en astiquant un revolver rutilant ou en chatouillant un perroquet perché sur son épaule. Queen Lil aurait pu être pirate, elle a plutôt choisi le métier d'aubergiste, sans doute pour tous les potins qui viennent avec l'emploi. Par la fenêtre, on entend tourner le moteur douze cylindres de sa Lincoln parquée sur le chemin d'Eccles Hill. Chez Léandre, la passeuse notoire se remémore le grand set carré spontané qu'elle câllait à l'intérieur de son Palace situé à cheval sur la frontière, dans les années 1910 et 1920, quand elle avait vent d'une descente imminente. Les convives chaudasses s'entassaient du côté «mouillé» de la ligne avant l'arrivée des bœufs, en profitaient parfois même pour tester l'hospitalité des filles du bordel de l'autre pays. Un son de cloche du barman et les clients plus ou moins ivres, plus ou moins lubriques, se ruaient d'un

bord, laissant les agents de l'ordre attendre qu'un maladroit perde l'équilibre et tombe vers eux. Là, c'était une ligne blanche large de quelques pouces traversant les planchers du hall et du bar-salon qui tranchait entre la légalité et l'illégalité. La frontière, pour ainsi dire, légiférait.

Pour certains, l'esprit d'une région est défini par l'ombre d'une montagne qui veille sur ses habitants et qui jette sur eux un souffle épique pour les accompagner dans l'ouvrage ordinaire. Pour d'autres, c'est un fjord qui creuse l'âme collective. Ou encore les berges d'un fleuve dont les marées menacent quotidiennement de révéler au grand jour un secret depuis longtemps noyé. Ici, la frontière hante les gens comme un œil tout-puissant. Une ombre ou un vent à peine perceptibles s'abattent perpétuellement sur les citoyens de Saint-Armand. On ne se tient toujours qu'entre les guillemets ouvrants et la première lettre, dans l'interstice du langage identitaire national. Les plus paranoïaques hésitent, ici, à se dire «Québécois», voire «Canadiens», de peur qu'une infime ondulation politique, géographique ou même cartographique ne les envoie un beau jour du côté des États. Quand il était petit, Léandre faisait régulièrement le rêve qu'un tremblement de terre réorganisait la région et qu'il se réveillait Américain. Aujourd'hui, il essaie de ne pas perdre trop de sommeil à cause de ça. Les fantômes qui lui rendent visite le font à sa place. Il se sait aussi morose qu'eux, mais n'a pas tellement le choix d'accepter sa porosité identitaire. S'ils l'empêchent de rêver la nuit, il les écoute gentiment chanter le refrain qu'ils partagent tous. Et quand il mourra, il est convaincu que sa propre voix rejoindra le chœur.

Sur le rang Dutch, une petite foule attend le retour des Huot. D'abord, c'est un son de cordes de métal pincées qui perce le mur du chants des cigales et les murmures des gens. Ensuite, dans l'ombre du sentier, le nez du truck du père Huot apparaît.

– C'est-tu Euchariste, ça?

La tête de Dorothée dépasse à l'arrière du truck. Elle tire toujours son frère, étendu en diagonale sur un diable, grattant son banjo tant bien que mal. Vitement, Ida court aider son amie pour tirer. Quand le pick-up quitte enfin le sentier pour s'engager dans le rang vers le sud, la foule rassemblée sursaute tout d'un coup. La chienne orange du colosse a perdu son éclat, mais il s'agit bien de lui.

On n'a pas l'habitude de voir des morts. Des charognes en masse, mais pas des hommes, et encore moins dans cet état. Gervais fait face aux citoyens derrière le camion, son banjo bruni au travers de son corps, ses ongles encrassés sautillant sur les cordes comme des scarabées sur des toiles d'araignées. Sa tête disproportionnée tient en équilibre sur le manche du diable. Euchariste arrête le camion une trentaine de secondes, puis sort un bras de son châssis et fait signe à tout le monde de se lever. D'une voix hésitante, Gervais entonne un premier couplet aussitôt que le groupe se met en mouvement.

– À la rivière aux Brochets, je me rappelle sa grandeur, sa beauté. Qui va porter sa couronne dorée ? Bon Dieu, ayez pitié.

Les gens reconnaissent un air populaire, mais l'hymne les prend de court à cause de la voix frêle de Gervais. Si la petite foule murmurait nerveusement à l'arrivée des Huot au bout du sentier de la pinède, voilà qu'elle se fait presque aussi rigide et muette que le colosse étendu dans la boîte du pick-up. C'est Dorothée, enfin, qui la fait fondre en accompagnant son frère dans le refrain. Ses cordes vocales lui fouettent les dents, tellement elle hurle dans le rang. Elle remplit les cœurs d'une énergie quasiment lumineuse. Si ç'avait été la nuit, tout le monde serait devenu fluorescent et aurait traversé la campagne comme une trâlée d'explorateurs des bas-fonds, avec pour seul éclairage la lumière débile de leur propre énergie. Une traînée de poussière d'étoile. Ensemble, comme un seul homme, par en avant dans la noirceur.

– Oh ! Mes frères, descendez ! Descendez, voulez-vous ben descendre ? Oh ! Mes sœurs, descendez à la rivière pour prier.

Parmi les petits clins en plein milieu du chemin, les Turmel essaient tout de suite d'ajouter leurs harmonies country à la mélodie de Gervais. Gonzague Turmel père chante la basse tout en dirigeant les autres avec l'index. Assise à côté de sa meilleure amie du monde entier, Ida a le motton. Au-dessus des chants, elle se vide le cœur avant de rejoindre la chorale.

– C'est pas que la mort du colosse me rend triste en tant que telle. C'est juste que ma mère dit qu'il existe deux types de monde dans le monde : les ceuses qui se sentent solidaires avec un fugitif juste parce qu'il a échappé aux bœufs, même si c'est un criminel ou s'il a blessé ou volé du monde, pis les ceuses pour qui ça fait pas un pli sur la différence. Moi, je dis peu importe : il y a quelqu'un qui vient de mourir, il est mort chez nous, alors qu'il cherchait à rentrer chez lui, au sud. On va l'amener, nous autres. La rumeur, elle, raconte que le colosse a sauvé un des frères Huot et qu'ils veulent lui rendre hommage. Comment auraient-ils su où il se trouvait autrement? Pourquoi Euchariste en ferait tant pour un homme qui, deux semaines plus tôt, lui tuméfiait le visage sur le béton du garage de Léo Swanson? La sueur perle sur la peau d'Ida comme sur une cannette de Coke et fait glisser le pansement que sa mère lui a mis sur l'épaule. Jeanne Swanson, Rose-Emma Turcotte et Georges Ostiguy ont eu la bonne idée d'apporter des fleurs, des branches de pin et des flacons de parfum de leurs parents pour étouffer l'odeur du mort que le vent soulève au-dessus des têtes vers le cortège. Ils approchent et doivent fermer les yeux en aspergeant le cadavre de parfum, de peur de tomber dans les pommes ou de renvoyer sur le Chevrolet de monsieur Huot. Tancrède Coderre, lui, n'avertit même pas les enfants avant de saupoudrer le colosse de Petite vache. Dorothée tousse, le regarde croche, puis se ressaisit et reprend son air solennel.

Basile Dunnigan et ses trois cousins de Stanbridge East sortent chacun une flûte à bec et arrivent à jouer les quatre notes qui composent la mélodie macabre de Gervais. Hiram et Célina Monette ont traîné l'harmonium de leur grand-père. C'est Célina qui joue pendant que son frère active la pédale en sautillant pour suivre la procession. Les roulettes sous l'instrument prouvent qu'il n'en est pas à sa première marche funèbre. Médéric Dagenais joue d'un violon qui, à l'entendre, devait plus servir de décoration que de divertissement pour la visite. Ses petits hoquets de tristesse donnent une drôle de cadence à son jeu. Son frère Louida entame un yodle en se tenant loin des Turmel, question de créer un effet stéréo dans les oreilles des gens au centre de la procession. Sur l'asphalte encore noir et scintillant dans le soleil, le bal progresse et le son pourrait faire avancer le truck à lui tout seul. Qui sait à quoi ressemblera la marche tantôt, si elle continue à ramasser des citoyens au fur et à mesure qu'elle descend le Dutch?

– Sur le bord de la rivière aux Brochets, c'est le vent qui l'a soulevé. Au-dessus des toits de mon comté. Bon Dieu, ayez pitié.

Euchariste Huot donne le tempo en frappant de toutes ses forces sur la portière du pick-up, tellement fort que son père finit par le rejoindre à l'avant pour lui demander de modérer. Entre-temps, la mère d'Ida sort une casserole de sous son bras et frappe dessus avec une cuillère en bois. D'autres citoyens autour l'imitent avec toutes sortes d'ustensiles – des fouets, des louches, des spatules, des couteaux de boucher, des marteaux à viande, des cuillères décoratives se cognent sur autant de poêles, de poêlons, de marmites, de couvercles, de plats de pyrex, de plats de plastique, d'assiettes d'aluminium, de passoires. On a même droit à une rangée complète d'Armandois armés de râpes à fromage et de couteaux à beurre qui grattent la mesure et se trémoussent comme à un carnaval culinaire.

– Oh! Mes frères, descendez! Descendez, voulez-vous ben descendre? Oh! Mes sœurs, descendez à la rivière pour prier.

Quand le défilé passe devant leur propriété, les Leboeuf s'y invitent en appelant les gens à grimper sur leurs moissonneuses-batteuses des ténèbres. Une vingtaine de petits counes s'agrippent à ce qu'ils peuvent en chantant. Bientôt, une rangée de tracteur John Deere, Massey-Ferguson, Case et Ford devra rivaliser en bruit avec les cris, les chants et les pleurs de toute une population en migration vers le sud. Derrière le corbillard country des Huot, la foule n'en finit plus de grandir. Les gens sortent de partout: des fossés, des bosquets, des cours, des haies de cèdre, des granges.

Les Simoneau, les Laramée, les Simpson, les Guthrie, les Kyling, les Robidoux, les Gingras. Tout le bottin téléphonique de la région se trouve sur le rang Dutch, à suivre le colosse. Et tout le monde a son instrument. La section des cordes compte une trentaine de guitares sèches, des fiddles pour les fins et les fous et une autoharpe. En plus du bric-à-brac de vaisselle sonore, les percussions sont composées d'une douzaine de caisses claires et de cymbales, des tambourins pour les enfants, des tam-tams, des maracas ramenées de voyages dans le Sud et, bien sûr, des cuillères. Les vents, eux, sont surtout représentés par les cuivres de la fanfare de l'école Jean-Jacques-Bertrand de Bedford, plus de ruine-babines que de babines à ruiner et une rangée de longues trompettes en plastique comme on en rencontre dans les arénas.

– Sur le bord de la rivière de la Roche, c'est le courant qui l'a emporté. Entre les terres de mon comté. Bon Dieu, ayez pitié.

Enfin, ceux qui n'ont pas d'instrument trouvent une patente bruyante à taper, à frotter ou dans laquelle souffler. Une colonne de monsieurs en sueur frappent la chaussée à l'unisson avec des massues, comme s'ils avaient été affectés aux travaux forcés. La trace de leurs coups restera gravée dans le Dutch. Fred Jolicœur tient entre ses mains, au-dessus de sa tête, un canari qu'il laisse chanter. Certains ont attaché des grelots à leurs pieds et d'autres ont chaussé leurs souliers de claquette. Tout au long du parcours, des petits clins ont posé des feux d'artifice importés des États, et, aux trente secondes, une explosion résonne dans le rang. Il y a même le vieux Melançon qui scande les vers de la chanson en rinçant le moteur de sa chainsaw.

– Oh! Mes frères, descendez! Descendez, voulez-vous ben descendre? Oh! Mes sœurs, descendez à la rivière pour prier.

Il est impossible qu'autant d'âmes habitent le coin. D'ailleurs, on ne connaît que le quart des chanteurs. Et que dire des vêtements proprement anciens de certains d'entre eux? Sortent-ils seulement de chez eux une fois de temps en temps? Ne savent-ils pas que le linge a une durée de vie, comme tout le reste? Tous ces citoyens qui surgissent des fossés et des rangées de maïs ne connaissent-ils pas les «samedis sans taxes» du Korvette? Qui sont tous ces gens habillés en robes à corsets, en uniformes de soldats, en longs manteaux et en étoffes d'Indiens? Et qu'ont-ils à dire? Droit devant, des bébés en robe de dentelle! Plus loin, des fourrures en plein été! Il ne fait plus aucun doute que les esprits bromisquois se sont joints à la parade.

Au-dessus des têtes, dans un ciel qui s'éclaircit de plus en plus, les urubus commencent à trouver le temps long. Incliné dans l'angle du diable, Gervais les regarde depuis un certain temps déjà. Il reste drôlement fort, lui, pour quelqu'un d'aussi fragile. Surtout quand on pense que le mélange doux-amer des émotions du moment empêche même Euchariste de finir certains mots de la chanson.

L e sol bromisquois accueille les pas d'une ombre dans la cour des Huot, une semaine après l'accident sur la 202, huit jours après le vol de viande chez Hot Rod Létourneau, cinq jours avant la recherche d'une nouvelle cache et le cortège funèbre. Couché depuis six heures déjà, le soleil a laissé sur l'asphalte du rang Dutch une vapeur odorante. Gervais épie la cour, à partir de sa chambre, et voit une forme rôder autour de l'ancienne laiterie. Sa réaction initiale le fait s'effondrer entre son lit et la fenêtre de sa chambre, la tête contre la vitre. À son réveil, deux minutes plus tard, la silhouette a disparu.

Il se lève et cherche au loin une figure semblable à celle qu'il a aperçue le long des lignes, chez Léandre. Le ronflement de son père fait vibrer les cadres sur le mur mitoyen de leurs chambres. En pyjama, il s'empare de son instrument contre la cataplexie et d'une lampe de poche et descend au rez-de-chaussée pour filer en catimini dans la nuit bromisquoise. Même à cette heure avancée, la salle à manger sent encore le bacon et les œufs, la poussière du jour n'est pas tout à fait retombée, et Hank ronfle sur le divan devant l'écran de la télé qui constitue la seule source de lumière. Gervais traverse la pièce au moment même où, sur une chaîne américaine, s'achève le générique de fermeture d'un bulletin de nouvelles de Burlington. L'image d'un coucher de soleil sur les Adirondacks du côté ouest du lac Champlain traversée par des centaines de caractères défilant sur l'écran cède sa place au test de couleurs de la fin des émissions. Malgré les odeurs familières, l'ambiance devient aussitôt frigide. L'ouvrier sur le divan ressemble à un corps qu'on veille dans une morgue improvisée. Dans cet éclairage cathodique, les taches d'huile sur son t-shirt ont plutôt l'air de taches de sang. Pendant un instant, on croirait se trouver sur une scène de crime.

Dehors, le Dakota n'est toujours pas rentré. Sans doute Euchariste est-il resté à coucher chez sa fiancée ou charrie-t-il son stock dans les sentiers bromisquois. La porte du garage, toutefois, a été laissée ouverte et le barda du fond a disparu. Le luminaire crache des rayons jaunâtres dans la nuit et permet à Gervais de se tailler un chemin jusqu'à l'autre côté du Dutch.

Il prend la parole pour la première fois en traversant le rang, imitant son maître Léandre, lors de sa première leçon de banjo. Il soliloque pour faire fuir l'ombre hors des terres des Huot :

– Please, dégage, incarnation du yâb'. Please, please, dégage. C'est pas qu'on t'aime pas, c'est qu'on veut pas te voir. Please, dégage. Please, please, dégage. Mon banjo icitte a cinq cordes qui te fouettent la couenne. Il a poussé dans la terre. J'ai juste à le gratter comme ça pour te faire dégager. Incarnation du yâb', choisis un bord : le rang Dutch s'étend jusqu'aux États d'un côté et au moins jusqu'à Farnham de l'autre.

Voilà maintenant un mois qu'il suit les cours de Léandre. Son grattage est plus confiant que jamais et ses pas sont beaucoup moins hésitants dans le foin autour de l'étang. Les herbes encore couchées à la suite du passage de la silhouette lui dictent un chemin. Elle est trop loin pour être identifiable. Comme un spectre noir, une partie de son corps dépasse tout juste du foin. Elle bondit nerveusement, ou elle boite selon les imperfections du terrain, en direction du sentier de la pinède.

– Dans l'ancien temps, les prisonniers étaient pendus aux poteaux avec une corde. Quand le monde les enterrait, il fallait un foulard ou du fard à joues pour cacher le sourire qu'ils avaient autour du cou. Ils travaillaient dans les fossés de campagne en chantant pis quand ils s'enfuyaient, les gardiens de prison les cherchaient avec des gros chiens. Aujourd'hui, incarnation du yâb', les prisonniers sont habillés en jaune orange pis, quand ils s'enfuient, c'est les Verts qu'on entend japper.

Le sentier de la pinède ne fait peur que lorsqu'on s'y engage en silence. Tout comme les pires blessures font plus mal quand on en voit les détails lugubres et sanguinolents. Tout comme les plus beaux paysages ne le sont que lorsqu'on les admire dans la solitude la plus totale. Gervais joue et jase pour ériger un mur de son qui l'accompagnera dans les ténèbres de la pinède comme une torche. Une lampe à souder enfoncée dans la gorge de la pénombre. L'alternance syncopée et métallique des ré mineur, *do, la* mineur, *sol, ré* mineur, *la* et *ré* mineur inonde le calme oppressant du bois. Gervais a coincé sa lampe de poche sous son bras, braquée vers l'avant, mais le faisceau n'est pas très puissant. Il illumine à peine trois mètres de sentier boueux avant de se heurter à une noirceur d'outre-monde. Une noirceur opaque comme un brouillard dans laquelle la silhouette s'est fondue parfaitement. Gervais n'a plus qu'à regarder le sol et suivre les traces de pas qui s'y dessinent, tout en jasant avec le ton de preacher de son mentor.

– J'ai juste sept ans, incarnation du yâb', mais je sais que la mort fait peur à ben du monde, du plus petit des petits counes au plus colosse des colosses. Vas-y! Fuis! Va-t-en! Les fugitifs, à la base, ont toujours très peur. Moi, je fuis pas. Pourquoi? C'est simple, je peux pas. Je peux juste figer. Il y a plein d'animaux qui font semblant d'être morts quand un prédateur veut s'en prendre à eux ou à leurs enfants. Ça fait que je me dis que figer, c'est une manière comme une autre de se défendre. Tomber raide comme un mort, des fois, c'est une façon de fuir.

Dans la boue, des traces de coyotes se confondent peu à peu avec celles d'un homme. Elles sont traversées parfois par les sabots d'un chevreuil. Gervais est si concentré qu'il ne remarque pas les sillons plus réguliers et parallèles laissés de toute évidence par des pneus de truck. Au sortir d'une courbe du sentier, à l'orée du faisceau de la lampe de poche, deux billes scintillent dans le rideau d'obscurité. Leur éclat prend Gervais de court. Autour d'elles se dessinent les traits d'un coyote immobile en plein milieu du chemin. La surprise du petit gars l'amène à cesser de jouer un instant. C'est la première fois qu'il voit un coyote d'aussi près et, l'absence de musique aidant, c'est suffisant pour laisser entrer en lui la quiétude angoissante de la forêt. Elle le ramasse comme une bourrasque. D'un coup, ses genoux flanchent et il se retrouve au sol, endormi, emportant avec lui dans la paralysie l'image fixe de la silhouette d'un diable à quatre pattes.

Le coyote avance dans le cône de lumière la tête basse, aux aguets des mouvements de sa proie. Voilà plusieurs jours qu'il erre sur les terres bromisquoises à la recherche de son prochain repas. Le petit gars devant lui est un faon désarticulé, couché en boule, les genoux par en-dedans et les pieds écartés, la tête repliée sur son épaule, contre le sol, dans un angle invraisemblable, et les bras étendus le long de son corps. L'écho des cordes du banjo percutant le sol s'échappe dans la nuit et cède place à un grognement étiré – l'éructation du démon. La bête dévore déjà Gervais des yeux et chaque pas de plus vers lui amène un regain de vigueur dans son râle. Son poil, d'une blancheur surexposée, se dresse soudainement quand un cri surgit dans le noir.

– Move away!

Les mots semblent arrachés d'une gorge desséchée, râpant l'écorce des pins et traînant dans leurs ondes d'infimes particules de roches et de bois. Ils prennent vie et se transform au fur et à mesure qu'ils s'éloignent de leur source. Un cri devenu jappement devenu ouac. Le coyote se tourne aussitôt en direction du bruit et montre les crocs. La voix rapplique, enveloppée cette fois-ci dans une toux muqueuse, une percussion violente, rauque et bronchique sortie du ventre de la Terre.

– Leave 'im alone!

Avant même que le colosse pose le pied dans le faisceau de la lampe de poche de Gervais, le coyote recule comme pour se donner un élan. Il se prépare à bondir quand la figure lugubre du fuyard prend toute la place dans le sentier de la pinède. Le colosse se tient entre la bête et le petit gars et leur affrontement semble inévitable. Un parfum l'accompagne : cocktail immonde de sueur, d'urine, de marde et de quelque chose se rapprochant de l'odeur de la viande rancie ou de la charogne. Le colosse se penche vers l'avant en essayant de se faire imposant. Un liquide pâle s'échappe d'une plaie sur sa tête et sa peau reluit complètement – un amas de gouttelettes comme un troupeau d'étoiles. La chaîne rompue de ses menottes pendouille à ses poignets levés douloureusement au-dessus de sa tête. Il imite l'animal et grogne à son tour. À moins que ce soit le son de ses poumons défaillants qui ronflent comme un char dont le silencieux est troué. Ou le murmure incessant de la forêt qui vrombit au-dessus de leurs têtes. Ou le bruit du Dakota qui arrive, cahin-caha, dans le détour du sentier, l'éclair de ses phares perçant le mur noir et inondant la scène d'une blancheur de néon. Ou encore est-ce le métal hurlant des haut-parleurs du camion qui achève de faire hésiter le coyote.

La question ne se pose désormais plus : notre bête lumineuse se trouvera un autre repas, le faon vivra un autre jour. Le coyote bat en retraite dans la forêt, mais on le soupçonne de ne se tenir qu'aux lèvres de la noirceur, pas tout à fait résigné à abandonner sa proie. Malgré une épaule disloquée et un boitement à bout de forces, le colosse prend Gervais en poche de patates et s'empare du banjo avec sa mauvaise main. Sur le dos de l'homme, le petit gars se réveille au moment où la musique cesse. Il lui faut vérifier au sol, à la recherche de traces de pneus, pour s'assurer que le camion n'est pas apparu du ciel. La pinède fait un bon entrepôt pour le bum régional. Euchariste n'a pas peur de la noirceur. Il y circule comme le coyote et y range ses marchandises de contrebande. Derrière la lumière, sa voix perce le silence.

– C'est mon petit frère, ça.

Le mouvement peut bien réveiller le petit garçon, la vue du crâne chauve du colosse en contrejour dans l'éclairage puissant des phares, de ses haillons à franges et de sa posture crochue ne manque pas de l'émouvoir à nouveau. Quelle espèce de monstre odorant et scintillant l'a capturé? Le colosse avance vers la lumière pour déposer Gervais sur le siège du passager. Il pousse un râle en l'installant dans la cabine et lui tend son instrument.

Autant de bouleversements ont de quoi épuiser un petit gars. Surtout lorsqu'ils sont vécus comme des respirs arrachés hors de l'eau par le naufragé qu'une tempête secoue. À son troisième réveil, Gervais ne trouve plus que son grand frère, songeur, au volant du Dakota. Après avoir sauvé Gervais d'une mort imminente, le colosse a disparu dans le bois avant que le grand frère Huot ait eu le temps de l'attraper. Il faudra deux jours aux frères Huot pour retrouver le fugitif, le gréer secrètement en provisions et lui fabriquer un abri qui se respecte le temps qu'il expire ou qu'il reprenne des forces et accepte qu'on lui fasse passer les lignes. Une mince récompense pour avoir arraché Gervais des mains du Malin.

D rôle qu'il ait fallu que Léandre Pelletier chasse tout seul de ses terres un malcommode pour que les citoyens du canton de Bedford, de Saint-Armand, de Pigeon Hill et de quelques autres villages bromisquois lui en ramènent un autre, une douzaine de jours plus tard. Encore plus drôle que ce soit possiblement le premier qui ait causé la mort de l'autre. Pelletier est sur son balcon, assis dans son hamac, caressant son banjo, quand le bastringue franchit les limites de sa propriété, le long du chemin d'Eccles Hill. Comme s'il pensait que c'était la mort elle-même qui menait ce boucan en venant le quérir, il affiche d'abord un air peinard, résigné, et se lève mollement, secouant d'une main les guenilles qui lui servent de vêtements. Il tourne la tête pour chercher ses godasses puis abandonne, croyant sans doute que les morts ne verront aucun inconvénient à accueillir un pieds-nus dans leurs rangs. Léandre Pelletier n'est pas assez fier pour dédaigner mourir les pieds à l'air.

Vrai que ce serait sans doute la plus belle mort que de se faire ramasser chez soi par une procession de visages connus, d'amis plus ou moins proches, de petits counes et d'aïeux, guidés par un pick-up céleste et gueulant et piochant un charivari moribond. Quitter les vivants avec le plus grand sentiment d'appartenance, être effacé du monde par le délire collectif d'une communauté. Ce n'est certainement pas l'impression que sa mort imminente a laissée à notre colosse. Léandre va enfin vers ses concitoyens en liesse. En voyant le Chevrolet des Huot lui passer sous le nez, il se frotte le front, sourit et saute en bas de son balcon.

Si ce n'était du tintamarre, on entendrait très bien le bourdonnement provenant du sud. À ce stade-ci, les gens débarquent des moissonneuses-batteuses, tracteurs et autres trois-roues pour poursuivre la route : des milliers de pas entassés dans le corridor de terre, de foin, de drageons et d'arbustes. Les ornières du chemin de passe d'Euchariste n'auront jamais causé autant de foulures et les ronces autant d'égratignures, mais la musique reste parfaite jusqu'à la clôture de tôle sur laquelle branle dans le vent des hurlements la pancarte du poste frontalier des États. Là, Euchariste freine et coupe le moteur. Les cigales s'invitent alors à l'orgie, plus nombreuses que jamais. Leurs cris sont des canons de millions de cornemuses. Ils avalent le chiard et les battements de tambour en une seule gorgée et les recrachent en une vibration presque sismique. Les yeux des concitoyens faisant face au sud s'agrandissent quand ils regardent vers l'avant du pick-up. Leurs chants s'éteignent dans le vacarme des cigales et tout ce qu'on entend désormais, c'est le vrombissement infernal. Le seul à ne pas s'arrêter de jouer, c'est Gervais. Dorothée sent entre ses mains, dans la structure métallique du diable, les coups sur les cordes de l'instrument.

Au bout du corridor de pensionnat qu'est le chemin d'Eccles Hill, dans la chaleur humide, suffocante, à l'orée du miroir sudiste, les yeux des concitoyens sont comme des trente sous. Ida Goyette tape l'épaule de son amie pour qu'elle jette un coup d'œil derrière et Dorothée hésite à le faire, craignant que le colosse se soit mis à léviter ou que le séisme du chœur ait accéléré d'une quelconque façon sa décomposition. Quand elle se résigne, elle constate qu'il n'a pas bougé, que l'attention du monde est dirigée plus au sud, vers les déferlantes de ronces qui se font aplatir par une foule grandissante de citoyens de Richford et d'East Richford, de Highgate Center, de Morses Line et de St. Albans. Des centaines de Vermontois mènent leur propre chiard que les cigales surexcitées empêchent d'apprécier à sa juste valeur. Ayant sans doute entendu la rumeur du sauvetage de Gervais, ils remontent le chemin de passe pour accueillir leur compatriote à enterrer.

Le bruit des insectes use petit à petit les tympans et se transforme en râle lourd accompagné d'une friture insupportable. Les cigales deviennent les machines d'une shop invisible, et les gens, des ouvriers assommés par leur tremblement. Dans le tonnerre, Léandre, Hervé Monette, Euchariste et son père prennent le colosse par ses bras et ses jambes et le font passer la frontière entre les mains de valeureux Vermontois tout aussi solennels. La procession américaine saisit le relais et commence à descendre le sentier tranquillement, laissant les hommes qui transportent le colosse prendre les devant. Dès qu'elle se met en branle, la foule reprend aussi son tollé, traduisant les paroles de Gervais approximativement et grouillant de tous les côtés.

Les urubus, eux, dessinent toujours les mêmes cercles dans le ciel du Piémont-des-Appalaches. Les pincements de cordes du banjo de Gervais sont frénétiques.

LES RONCES

✳

L a frontière, ce pandémonium! Ce filtre, cette mousti-quaire, cette porte-patio! Ce purgatoire! Lieu d'in-quiétudes, lieu de joies, lieu d'exotismes, lieu de mélanges, lieu de renouveau, lieu de vieux, lieu de souvenirs et d'histoire, lieu d'ordre, lieu de désordre, lieu de subversion, lieu de fléaux, lieu de hantise, lieu de guerres, lieu de violence, lieu de partage, lieu de transit, lieu d'identité, lieu politique, lieu symbolique, lieu d'héritage.

Le son des sirènes se fait entendre partout sur le chemin de Saint-Armand. Devant la ferme expérimentale, un groupe de cyclotouristes se tasse dans l'accotement pour laisser passer le convoi de Verts. Ce n'est pas tous les jours qu'on assiste à un aussi grand déploiement de force et d'ordre. Même quand on leur avait ramené le colosse, ils avaient préféré se faire plus discrets. On comprend ça. C'est la queue entre les jambes qu'ils sont venus le récupérer, dans la cour de Léo Swanson, sous les yeux des citoyens. Là, les policiers avaient tous l'air de dire, penauds, qu'ils en avaient échappé un, que ce sont des choses qui arrivent, que l'aide des Armandois était grandement appréciée, leur discrétion encore plus. Aujourd'hui, c'est une opération de grande envergure, de l'action, de l'urgence. Un photographe et deux journalistes du *Flux régional* ont été dépêchés pour tout documenter. À Pigeon Hill, le vent que soulèvent les six voitures de la SQ crée des vagues dans les feuilles des ormes centenaires en bordure de la route. Chaque brin d'herbe ondule, absorbe puis réfléchit la lumière en alternance dans les secousses de la trombe.

Léo Swanson se dirigeait vers le presbytère de l'église Notre-Dame-de-Lourdes, prenant son bol d'air frais malgré la pluie, quand il a aperçu deux bums faisant l'aller-retour de la maison à leur truck les bras chargés de glacières visiblement très lourdes. Elles contenaient des pièces de viandes offertes spécialement au presbytère par des paroissiens. Les criminels avaient profité de la pluie pour risquer un vol en plein jour, soupçonnant sans doute que de surprendre deux hommes à déplacer des glacières pleines de viande vers un Dodge Dakota flambette éveillerait moins de soupçons comme ça.

Bien sûr, c'était oublier la vitesse à laquelle une rumeur ou un soupçon se propage et hante chaque discussion. Avide de justice, Léo Swanson a eu la sagesse de ne rien dire et de passer son chemin comme s'il n'avait rien vu d'anormal, tout en pressant légèrement, imperceptiblement, le pas pour filer au magasin général. Pendant ce temps, les bums trimballaient la dernière glacière de peine et de misère, vociférant pour une raison inconnue.

Le convoi de chars de la SQ dévale la route comme une couleuvre fuyant un feu de prairie, les voitures ne font qu'une et se tortillent dans les nombreuses courbes du chemin de Saint-Armand. Leurs sirènes sont décalées et cacophoniques, leurs cris stridents se rendent aussi loin que dans le fond du chemin d'Eccles Hill et entrent dans la cabane de Léandre Pelletier. Dans sa famille, on n'a jamais particulièrement aimé les policiers. Sans pour autant partager la passion criminelle des Renégats, pour ne pas les nommer, disons qu'on était toujours sympathique à leur cause, surtout si le contraire voulait dire être du bord des bœufs. Aujourd'hui, ces derniers foncent dans l'horizon vers le cœur du village de Saint-Armand, où les attendent deux Renégats amochés.

Swanson a vite fait de décrire ce qu'il venait de voir devant le presbytère au petit gars qu'on avait embauché tout récemment au magasin général. Le petit gars en question a cru bon d'appeler son patron, puis, selon ses instructions, d'appeler les Verts. Pendant ce temps, Swanson s'est enfui dans la pluie fine pour retrouver les fautifs en train de rouler l'un sur l'autre dans la boue d'une plate-bande du presbytère. Brutaux, leurs coups et leurs gémissements se faisaient de plus en plus forts au fur et à mesure que le ciel s'éclaircissait. Quand l'averse a cessé enfin, Eugene tenait Hank par le col d'une chemise ensanglantée et, de l'autre main, lui frappait le visage de petits coups de poing secs. Léo a continué de s'approcher d'eux en leur ordonnant de se lâcher.

– Ah! C'est tu beau, ça? Deux grandes hyènes éjarrées dans la plate-bande de monsieur le curé à se taper dessus pour des bouts de viande!

Chaque individu passe sa vie à longer sa frontière intérieure, son seuil au-delà duquel un simple coin de glacière sur un pied peut le faire voir noir, peut le faire basculer dans l'obscurité. Avant de la franchir – ce n'est qu'une question de temps –, il peut admirer le décorum de sa frontière, saluer l'effort mis sur la présentation. Mais, au fond, une fois qu'il l'a franchie, il ne peut que constater à quel point elle n'a jamais rien eu de mystérieux pour lui, à quel point elle était toujours là à guetter ses moindres gestes, à quel point cette frontière ne le définissait que tant et aussi longtemps qu'il ne la dépassait pas. La gueule en sang, Hank s'est emparé d'un jarret gelé tombé de la glacière près du pick-up, et l'a balancé de toutes ses forces sur le crâne d'Eugene.

À l'arrivée de la SQ, Hank est à genoux au-dessus de son aîné, sur la poitrine de l'homme qui l'a pratiquement élevé, et il braille. Léo Swanson est maintenant tout près d'eux et tente d'archiver ce qu'il voit : ce sera un fichier de plus à classer dans la mémoire du coin. On a besoin de son regard et de ses oreilles comme les arbres ont besoin d'un ciel vers lequel s'étirer. Eugene reprend ses esprits sous la pluie d'injures que lui lance Hank. Leurs visages tuméfiés prendront un certain temps à retrouver leur forme habituelle. Les agents s'empressent d'arrêter les deux Américains et prennent soin de les installer dans des voitures différentes, ce qui n'empêche pas leurs obscénités de traverser la cour.

La frontière : lieu de drapeaux, d'uniformes et de cadres présentant des photos de présidents et de reines. Au poste, ça se tape les épaules et ça semble avoir oublié un instant la perte de collègues au profit d'une bonne vieille intervention auprès des Armandois. Le second passage du convoi, cette fois-ci augmenté de deux renégats en beau fusil l'un contre l'autre, aura précédé de quelques minutes le cortège du colosse. La frontière : lieu de paradoxes, lieu de parallèles, lieu de coupures, lieu noir, lieu blanc, lieu de vide, ligne, non-lieu.

Une vieille photographie, dans le salon, montre un homme en veston portant une moustache aussi grosse qu'un étron. Il est couché sur le cant dans une boîte en bois remplie de dentelle, les yeux fermés, les cheveux bien peignés, devant un mur de tapisserie de fleurs fanées. Il s'agit de l'arrière-arrière-grand-oncle Huot, mort en essayant de passer des vaches volées de l'autre côté des lignes pour les vendre à nul autre que l'arrière-grand-père d'Eugene. À l'époque, on faisait le portrait de ses morts pour passer son temps à les regarder après les avoir enterrés. Et puis, il n'est pas rare, même aujourd'hui, de devoir transporter le corps d'un homme ou d'une femme sur des distances pas disables dans l'unique but de l'enterrer avec ses proches. Pour qu'en guise d'offrande ultime du décédé, sa dépouille enrichisse le sol qu'auraient foulé ses aïeuls.

Tout le monde dit « les lignes », au pluriel, pour parler de ce qui sépare la région des États. Mais en fait, il n'y a qu'une seule ligne et il faut toujours la démêler dans les talles de ronces et de barbelés.

Remerciements

J'ai le privilège d'être entouré d'une communauté de créateurs, d'écrivains et de littéraires sans qui cet ouvrage n'aurait pas vu le jour. Merci à Julien Boisseau de L'abricot pour ses magnifiques illustrations. Merci à Raymond Bock, Alexie Morin, Daniel Grenier et Anne-Marie Auger, premiers lecteurs de ce roman. Merci à Mélanie Vincelette, éditrice au Marchand de feuilles. Merci à la Société historique de Brome-Missisquoi. L'écriture de ce roman n'aurait pas été possible sans l'appui financier du Conseil des arts du Canada.

Table